碎玻璃
阿谷 著

碎玻璃
作者／阿谷
策劃編輯／賴百樂
協力編輯／卓希雪
美術設計／陳詩韻
出版發行／突破出版社
香港沙田亞公角山路 33 號突破青年村
電話：2632 0000　傳真：2632 0388
電郵：breakthrough@breakthrough.org.hk
網址：http://www.breakthrough.org.hk
http://www.btproduct.com
承印／陽光（彩美）印刷有限公司
2023 年 1 月初版 1 刷

Love Never Fails
by A Gu
First Printing, First Edition, January 2023

Printed in Hong Kong
ISBN 978-988-8562-78-7

誠邀閣下就突破出版社的書籍發表意見
歡迎加入突破書籍 Facebook page — http://www.facebook.com/btbooks.page
本書採用環保油墨印刷

每一個
年輕人都應當
乘着夢想的
翅膀出航。
成長文學

目錄

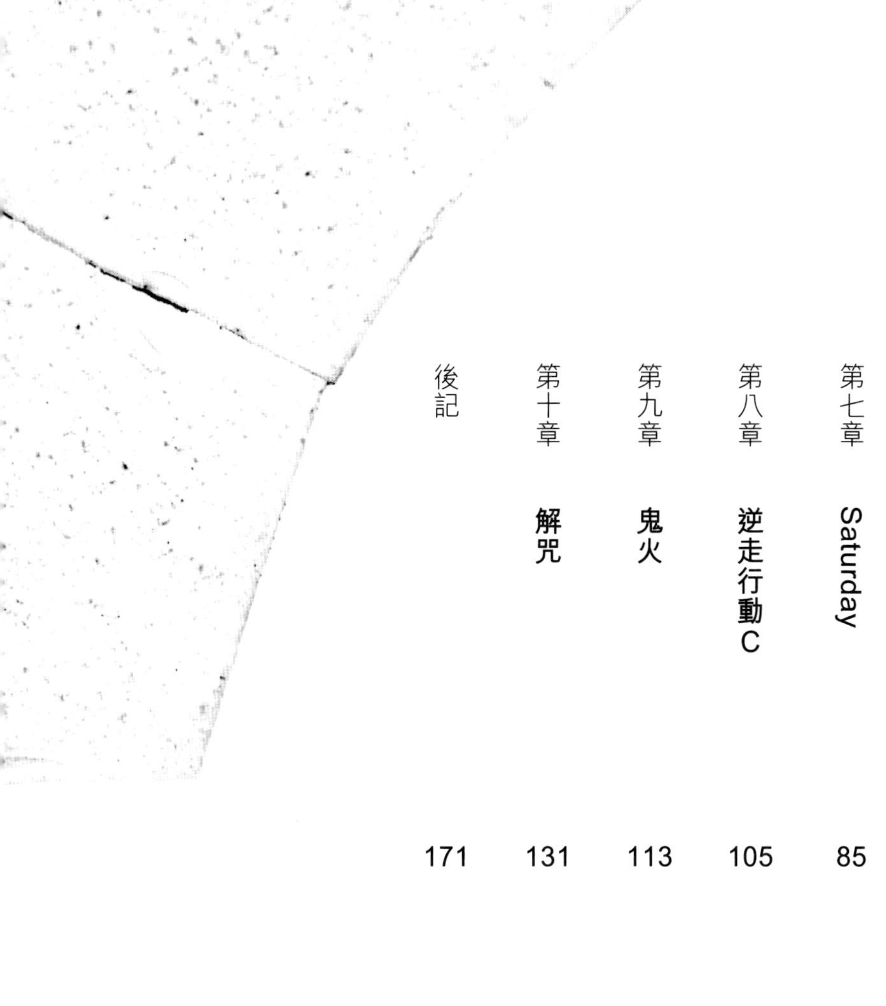

如果恨無絕期，
心傷如一地碎玻璃，
那麼愛或許更天長地久，
可修補所有……

第一章

碎玻璃

臘月，大年夜，新曆二月。上海。

一名摩登姑娘，沿着柏油路跌跌撞撞前行，觸目驚心；時而走到行人路邊，時而看似要撲出馬路，汽車不斷響號。

吆——吆——狂扯時，姑娘又猛然走回行人路，憑着酒氣，向熟悉的方向前行，繼續走未走完的路。

* * * *

明星影片公司拍攝棚，化妝間。

阿寶坐在一個木箱上，右手拿着橢圓型大鏡，左手執着劇本，上一刻望着鏡內做表情，下一刻舉起劇本核對對白。

「呃……」而不管左手或者右手，都微微發抖……阿寶不禁攬鏡搖頭。

阿寶，二十歲，跟隨夏衍由話劇團轉投電影業，兩年間已經主演了兩部電影：《女性的吶喊》和《鐵板紅淚錄》，好評如潮，聲名鵲起。第三部電影《同仇》開鏡，在廠棚內一聲「開麥拉」，似點起的火無法收拾，猛烈燃燒。

此刻，心情竟然無端緊張……除了同戲全是當今的大牌明星之外，編劇夏衍一句話最挑起神經。他跟阿寶說：「《同仇》出自《秦風．無衣》，是《詩經》中的戰歌。」酷愛文學的阿寶，馬上找〈無衣〉來看——

豈曰無衣？與子同袍。王於興師，修我戈矛。與子同仇！

豈曰無衣？與子同澤。王於興師，修我矛戟。與子偕作！

豈曰無衣？與子同裳。王於興師，修我甲兵。與子偕行！

自此之後，「豈曰無衣……與子同仇」詩句揮之不去。從後母毒手中逃出來的阿寶，但覺是一個無依靠無親近的孤女；茫茫人海，哪裏覓得知己，一生同行？

想着想着，甚而無端落淚。平常一次背熟的對白，成了浮光的刺眼。

阿寶催促自己集中精神之際，劇組工作人員看見剛才在路上莽撞的女子走進來。

「噢，艾霞！」紛紛驚呼。

艾霞逕自走入化妝間，斜着眼，非笑非哭的來瞧阿寶。「阿寶，阿寶！」倚在門上傻笑，不停招手。

阿寶抬頭，嚇了一跳——艾霞衣衫不整、披頭散髮。

「你怎麼啦？」從木箱站起來，卻沒有趨前的意思。

「掛念你啦，來看你啦！」艾霞說。

「大前天不是見過嗎？」阿寶緊掐住劇本。

大前天，在艾霞的寓所，艾霞抱着小貓，為一名不堪的男人哭得不似人形。這男人不但有妻子，最近還背着艾霞和另一個女人鬼混。艾霞是當紅的女星，不倫戀馬上成了八卦新聞，上了報章頭條。艾霞上過大學堂，學了西風，特立獨行，她比阿寶大兩歲，認識像孤星似的阿寶後，馬上成了一隻母雞，搧開翅膀來保護阿寶。所以，阿寶不能接受心目中的偶像，像親姊姊似的艾霞在眼前崩塌，成了一地碎破璃。

艾霞依然傻笑，沒有發話。阿寶坐回木箱上生悶氣，繼而拿起劇本呆看，腦袋卻一片空白。隔一回，聞到一陣煙味，抬頭一看——艾霞挨着門開始抽煙！煙圈冉冉，從血紅色的丹寇之間上升，埋在散髮中的臉幾乎瞧不見。不用看，阿寶也猜想到是什麼樣的表情——真的這樣痛苦嗎？愛情是這樣的嗎？

「你有話要說？」阿寶再問。

只搖頭，在消散中的煙圈後的神情呆滯。

阿寶索性不理會，努力唸對白。好一會兒，但聽得艾霞幽幽的囈語：「這個週日一起去玩好嗎？」

——這個週日？去玩？摸不着頭腦呢！阿寶思量如何回答時，場務走了進來。

「阿寶，阿寶，要入錄影廠了。」場務看一眼艾霞，又看一眼阿寶。

為難呢，心裏焦急，阿寶不知如何是好。

「獻齋哥說，這場口只有幾句對白，阿寶可要從大雪唸到冬至了！」場務提高聲線。大明星王獻齋就是這套片的男主角。

阿寶歎一口氣，始終按捺住，對艾霞說：「拍完戲，再說，好不好？」

之後，阿寶稍微閃開，從艾霞身邊穿過去，避免戲服沾上煙臭味。

拍攝到晚上八時，回到化妝間，不見了艾霞。

「艾霞呢？」捉住一個工作人員問。「在化妝間呆站了一回，走了。」這樣的回答。

*　*　*　*　*

大年初一。

阿寶無親無故，不用回鄉也不用拜年，坐在環龍路公寓客廳裏靜靜地看書。忽然，樓下傳來報童大叫大喊：

「號外，號外，電影明星艾霞自殺！」

噗！

書掉落地上。阿寶飛奔下樓，搶了一份號外。

真的自殺死了，吞鴉片！阿寶拿着號外全身發抖，哭得肝腸寸斷，差點在自責中昏過去。

第二章

長春藤

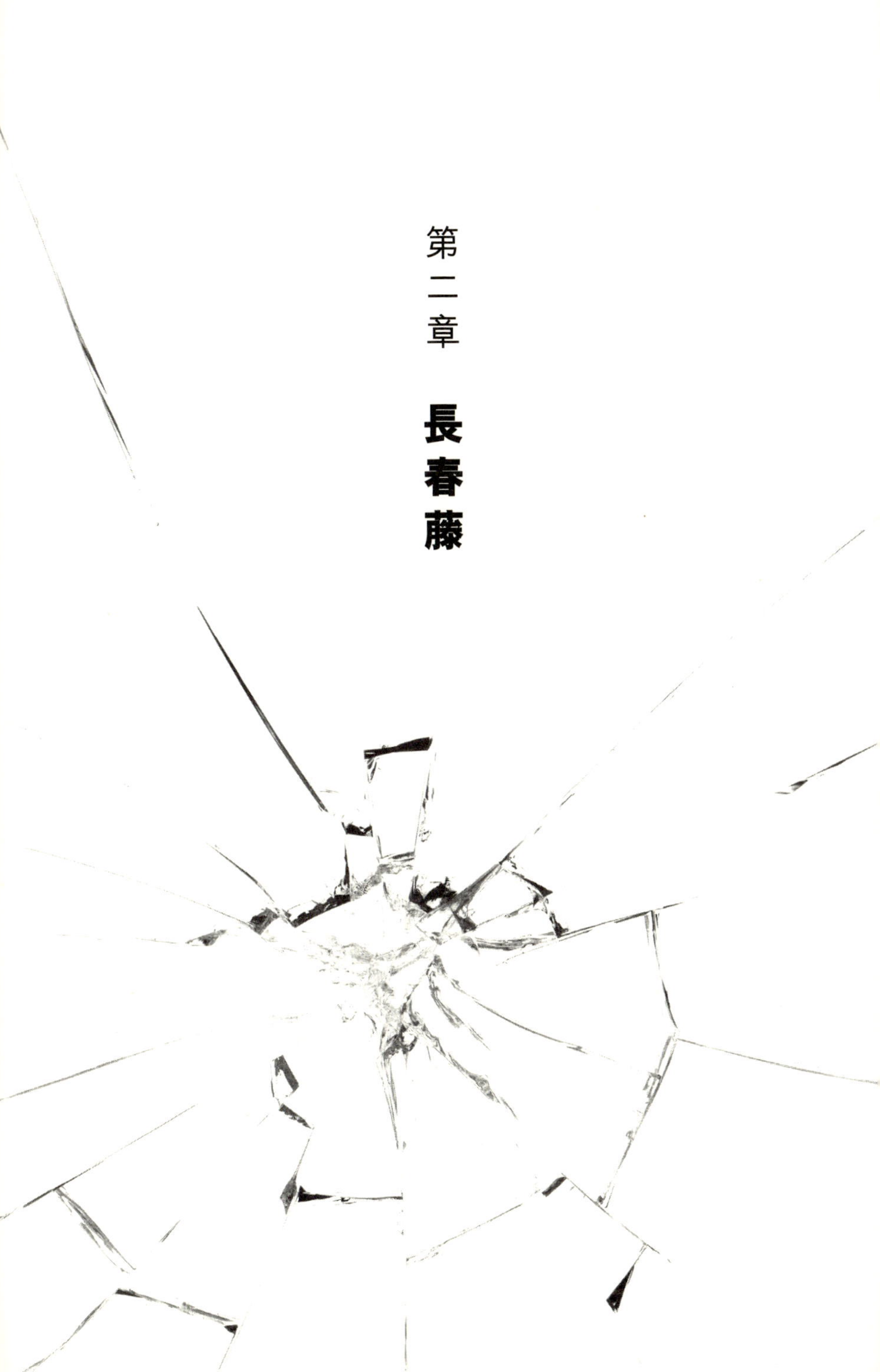

艾霞是電影圈第一個自殺的明星，事情鬧得沸沸揚揚，可是新聞業非常殘酷，不能讓一個死去的人長期霸佔報章最賣紙的位置！沒等到紫薇花在樹頂上冒出獨有的桃紅燦爛時，艾霞已在上海人生活的話題中退場了，代之而起的名字是阮玲玉。製片商馬上開拍艾霞傳，找來新冒起的女星阮玲玉飾演艾霞，片名《新女性》。

阿寶對電影徹底失望了，據説為了搶檔期，劇本寫得亂七八糟，沒有仔細的考證，大部分是臆測和杜撰。阿寶連看都不敢看，沒等到戲上演，已買了船票去東京。

阿寶還未決定是不是完全退出這個圈子，只是一心想逃離。出發前一天，先去艾霞的故居作最後憑弔，又想，小貓不知怎樣了？去房東處領鑰匙時，順道問了一聲。房東阿姨欲言又止，神經兮兮，把阿寶拉過一旁。

「牠得了神經病，我把牠偷偷運去我家鄉。是死是活，就看牠的造化了。」

阿寶大吃一驚！

「小貓發神經？怎麼知道是神經病？」

「你上去瞧瞧就知道，我把證據放在牀上，是艾霞寫的新書。」

「牠掛念艾霞？」

「不，比掛念更狠。牠恨艾霞。」

阿寶瞪大眼，完全不理解。房東阿姨卻笑了。

「明星小姐年紀輕，看來什麼都不懂。人最愛的是誰？是自己呀。移到動物身上是同一個道理，特別是貓。貓小姐恨艾霞；你怎麼說走就走了，你死了，誰來疼我？我還未死，誰准許你死？」

匪夷所思的忖度，從房東阿姨口中說出來，比實相更真，聽得人毛骨悚然。阿寶回想起一些場景；當艾霞說得眉飛色舞，忘記了懷中的小貓時，小貓會一爪打翻艾霞手中的酒杯；艾霞更從來不敢在小貓面前抽煙……

艾霞豪爽，房租連伙食清潔費，一給就是一年，打掃飯食全由房東阿姨照料，自己一概不管。連自己也不顧的艾霞，卻是親手辦理妥當小貓的日常，什麼都不缺。

門打開，執拾得乾淨，該收的都收起來，該進箱子的進了箱子；酒櫃依舊排得滿滿，洋酒、中國酒分放兩層，還加上鎖。艾霞喜歡開派對呼朋喚友，酒是少不得的。阿寶走入房間去找房東提及的書，瞥見一塊藍色蠟染的書套。

抽出來一看——

啊呀！

好端端一本新書，竟然七零八落的給抓得破爛。是貓爪做成的！但見上面爪痕又深又重，不是死命的抓，不會把書弄成這個樣子。哪兒是一隻小貓所為？忽然想起，小貓小貓的叫了三年，這貓好像從來沒有長大……

阿寶癱軟在牀邊，愈想愈覺艾霞可憐，自責的心更重了，把書抱到胸前，大哭了一場。哭得累了，才用震顫的手小心翻開書來看。

今天又給我一個教訓，到處全是欺騙，我現在拋棄一切，報恩我的良心。

等候的，只有一隻小貓。我最愛的人，便是最欺騙我的人啊！

眼淚和微笑，接吻同擁抱，這些都是戀愛的代價，這夠味的刺激，就得賠上多少的精神，結果是什麼？無聊。

人生是痛苦的，現在我滿足了。

——艾霞姐，你現在可滿足了？

＊　＊　＊　＊

遠洋碼頭。

阿寶只讓幾個走得最近的朋友來送行。

「好歹留學一年便回來呀，知道嗎？」同鄉阿英拉住阿寶的手，眼眶一下子紅了。

阿寶只是點頭，心頭卻不踏實。上海藝術劇社也來了幾個同期，大家都不勝依依。碼頭上熙來攘往，跳板上不時傳來腳夫的吆喝。

「你們都回去吧！」

送行的叫遠行的人趕快上船，遠行的人着送行的人早點回去，拉扯了半天。阿寶終於上了船，落得船又馬上跑上甲板，依着欄杆遙望朋友走出碼頭。這一天是三月八日，正好是阿寶二十一歲生日。

朋友的身影漸次縮小，在閘口快要消失不見，阿寶轉身走下船艙。一名青年，在閘口與阿寶的朋友擦身而過，走入了場景。這青年，大家喚他小謝。當天，除了天上的神明之外，並沒有任何人知道，阿寶和小謝的命運至死都細綁在一起。

小謝低頭一面看報，一面走入碼頭。專注的看着。

挾了一顆奮然而且堅苦的決心
奔到那遼遠的天涯去投陌生
臨行，我要抖一抖衣襟
抖去了一身無由的愛憎

副刊上的一段詩映入眼簾。「唔，我也很想奔到遠方。」小謝喃喃。

「謝科長，謝科長！」不遠處有人向他招手。他隨即摺起報章，塞入袋口，沒閒暇讀到詩題《衝出黑暗的電影圈》和作者阿寶的名字。

叫住小謝的是李克農，他們通常都在碼頭上碰面。

「好消息？」小謝急急問。李克農默言不語，只一味的盯住小謝。

李克農的沉默，讓小謝知道，他要求離婚的事又失敗了，當下不免沮喪。小謝是公務員，派任廣西省工商局研究員，和省建設廳商科一等科員，不算是重要的官職；然而，以他的年紀來説倒是一份厚差事。不光彩的是，這份厚差事是透過婚姻來換取的，由父親來攀附。年輕的小謝當然對愛情抱有憧憬，見過未婚妻的照片之後，對婚姻更嚮往了。相親當天，打扮高貴、臉帶微笑的未婚妻卻一直側着身坐，沒有正眼來瞧過未來夫家和未婚夫一眼。這給小謝的興頭澆了半桶冷水。年輕人的心總是驕傲的，也沒有耐性去經營一段政治婚姻，誰也不願意來討好誰。

錯是錯在，是小謝首先提出離婚！這麼一來，可得罪了有權有勢妻子的娘家了，自此以後，妻子也沒給他好臉色看。

「白將軍叫你忍一忍，他明白你為難的。」李克農説。白將軍妻子的表妹，正是小謝太太。

「我沒關係，倒是辛苦她了，其實她比我更厭惡這段婚姻。」小謝半帶揶揄，口中的她就是太太，續道：「可是，我辦完這趟差事就要回家了。」

「我倒有一個法子，讓你冤家倆能分開一下。」

「什麼辦法？」小謝馬上來了精神。

「我接到消息，美國政府和我方政府正計劃選派人才到美國留學。」李克農說。

「我立刻申請。」

李克農卻攔住小謝。「不要莽撞，太着跡了。你家中那個不好惹，嘔氣起來，攔下你的申請，比皺一下眉還來得容易。」

「如你所言，哪算是什麼辦法？」小謝當場就洩了氣。

「有了第一期，自然有第二第三期。你是人才，早晚會上推薦的名單。」李克農解釋，見小謝不語，又說：「或許等得出國，你們倆和好如初呢！」李克農始終不願見到離婚的事。

「哼，上不上推薦名單我不肯定，不能和好如初倒有十足把握。」

「為什麼？」

「從起初就沒好過呀！」

果然，等到翌年的派美留學生，小謝上了推薦名單，而正如他所料，夫婦倆並沒有和好如初，妻子也從不回答離婚的事。小謝始料未及的是，一個陌生人從日本留學回來，也上了文化藝術界別派美留學生名單——阿寶。

*　*　*　*　*

派美留學生交流會。

李克農負責交流會，指派交流會的委員長是江蘇人。委員長為人節儉，不喜浪費，李克農擺在桌上的，無非是黃橋燒餅、蔥油餅、紅豆糕、綠豆糕之類。阿寶跟各人攀談了一會，走到點心桌前瀏覽。倒不是因為饞嘴，而是喜歡看各類像藝術品造型的點心。阿寶留意到一款點心，似糙米餅，不過比糙米餅來得精緻，每一個餅面都壓出了一朵花的模樣，餅皮透出一點一點梅花幼芽的綠色。阿寶不認識，正自躊躇好不好試一口時，身旁揚起一把聲音。

「這是流心桂花糕。」

阿寶抬頭——一個年輕人衝她微笑，雙手輕鬆插在褲袋口，眼神和善，似碰到朋友的自然。

「流心桂花糕？」

「你嚐一口自然曉得。」

男人不説，阿寶其實已經想試了。於是拿起一個，咬一口。淡淡的桂花香氣，立時從餅心釋放出來；流心也不過是取個名堂，沒有流質的令人尷尬。

「香嗎？」

「香。」

「好吃？」

「好吃。」

男人只是看着阿寶吃，雙手依然放在口袋內，亦未有挪開的意思。阿寶見慣世面不怕生；又想，這個男人或者是自己的戲迷也説不定，因而大方的説：「我是阿寶，先生怎稱呼？」

「阿寶！這名字很有意思。我叫小謝。」

——原來不知道我呢，那就奇怪了。阿寶好奇，再問：「我們在哪兒碰過面？」

小謝又笑一笑，指一指阿寶手上的桂花糕餅，道：「這桂花糕餡兒的顏色，是什麼顏色？」阿寶便來瞧那餡料，顏色像琥珀，又不及琥珀的晶瑩；説是陶土吧，又沒有陶土的沉實。

「這顏色，很難描述呢！」

「是吧！當天你穿的旗袍，就是這個顏色。我非常好奇，正在想，如何描述？還想唐突的直接問你……」小謝頓一頓，才接下去：「不過，後來出了狀況。」

阿寶認真的聽，旗袍、顏色、狀況……呀！原來！

兩年前，阿寶參加左翼話劇運動，與袁牧之等著名演員同踏一個舞台，同年加入明星影片公司。不同於話劇，電影製作費比話劇不知大了多少倍。夏衍一再叮囑阿寶，凡有影片商的聚會都要去，電影院老闆的酒會不能缺席。

「那不成做了陪酒女？」阿寶非常不高興。

夏衍不怒反笑：「有劇本沒資金，有電影沒戲院檔期，你去做陪酒女試試。」

年輕人哪個不反叛！公司愈是來催，阿寶愈不去。就是那一趟，公司一再命令阿寶要出席酒會；賭氣了，打開衣櫃，一眼看見土色淨身的旗袍，這種顏色款式，連女學生也會嫌棄；阿寶卻把旗袍拉出來，胡亂穿上便直奔酒會現場。一到酒會便後悔了！五光十色，花枝招展，琉璃奼紫，盡情華麗之際，忽然跳進了一隻剛在池塘上岸的蛤蟆……只見戲院老闆鐵青了臉。電影公司丟臉了！同事先是揶揄，後是喝斥，遠處，夏衍做了手勢叫她快走。正要落荒而逃之際，一隻手拉住她——艾霞！

「唷，阿拉好妹妹，阿拉跟儂打賭，儂不敢穿這旗袍來酒會，儂就穿了來，給阿拉耍了也不知道！」艾霞哇哇大叫，然後，向會場喊話：「儂見過這麼可愛的明星嗎？」

原來這位謝先生當年也在場！也難怪他記得，當時的氣氛實在嚇人。經小謝提起尷尬事，阿寶即時想起了艾霞，當時幸虧有她。艾霞姐呀艾霞姐，掛念你呀，阿寶心房像給人扎了一刀！

小謝但見阿寶面容難堪，倒不知她心情的轉變，便來道歉。阿寶道：「不，說來慚愧，當年少不更事，不識大體。」這倒是阿寶的真心話。然後，阿寶轉換話題：「你怎會在那個場合出現？你不會是我們圈子吧，不然我早知道。」

「我是觀察員。」

「觀察員？有這樣的工作？」阿寶好奇：「觀察什麼？」

小謝不好說是觀察左翼的活動，便道：「就是觀察旗袍的顏色。」逗得阿寶哈哈大笑。

阿寶心裏明白，二人這樣投契，發展下去會到什麼的地步，且瞥見小謝無名指上戴了結婚指環——不過阿寶倒沒有深究，走到那裏算是那裏好了。生逢亂世，熱血兒女，除了各用各的方式救國，也要求生存，愛情少不免帶了計算，滲入沙子。太平盛世的人是很難用自己的目光來打量他們。

二人談興正濃時，卻不知道委員長早已注意到這一對，投來了關注的目光。委員長濃眉大眼，後來做了新中國的第一任總理。不只一次，在二人陷入危難時出手相救。

交流會結束，委員長出來送阿寶上車。李克農知道委員長有話要親自給阿寶交帶，識趣的走開了。

委員長話說得透明：「如果你們戀愛是完全正當的。到美國後，希望你們相依為命，互相學習、真誠相愛。但為了工作，小謝還不能解除舊的婚約，在舊關係解除之前，暫不能結婚，也不能同居。這是中央的規定。」

在委員長面前，阿寶也不敢辯白二人只是初相識。委員長受到各方的尊重，阿寶更覺委員長比親生父親更親近，立刻説：「我謹記在心。」

＊　＊　＊　＊　＊

美國。

阿寶先在耶魯大學攻讀文學，再到鄧肯舞蹈學校學跳舞。負責接待阿寶的，是諾貝爾文學獎得主賽珍珠。阿寶既要學習，又要出席各類文化活動，身子虛弱的她，在羅斯福總統伉儷面前表演之後，實在吃不消了；童年時受到虐待，營養不良，各種毛病趁機跑出來。賽珍珠看見蒼白無力的阿寶，馬上下達命令，要阿寶到她鄉間別墅休養。

「謝絕一切應酬，連學習都放到一旁。」賽珍珠憐愛的道。

阿寶感謝對方的好意，不禁問：「那麼我要做什麼？」

「寫作呀！你的經歷就是一個好題材。」

寫作？呀，這個不就是自己起初的夢想！

經過了半天的車程，車子穿過草坪，在一座白色平房前面停住。房子牆上……

「噢，」阿寶摀口驚呼，但見長春藤在牆上肆意生長，構成一幅賞心悅目的圖案，平平無奇的一座白房子，在長春藤的襯托下，讓人恍如走入了童話世界。

「漂亮吧，是我親自設計的。」賽珍珠自豪地說：「Evergreen plant, one that never loses its leaves. Once ivy grows, it spreading up the side of a cover. 我希望每個住過這房子的人，都能領受這長春藤生長的興味。阿寶，你明白我的意思嗎？」阿寶連聲多謝。以後的日子，便專心來享受這寧靜，並開始創作。

一天，阿寶聽到小謝在外頭喊話，阿寶打開窗，瞥見多日不見的小謝。小謝面容上有一種抑制不住的喜悅，顯得神秘。

「有定時吃飯嗎？寫作順利嗎？」小謝率先發話，二人就隔着窗子聊起話來。

「胃炎都清了。寫作嘛——」阿寶側頭想一想，忽然，面容一變，眼眶跟着紅了。

「怎麼啦！」

「我想念艾霞來着！」

「好端端怎麼又想起她了？」

「Mrs. Buck（賽珍珠）給我數本參考書，其中一本是中英對照本《聖經》。我剛讀到一段關於耶穌的記載。」

「關於耶穌的記載？」

「嗯，裏頭說，一天，耶穌在一座房子裏坐着，房子內外都擠得水洩不通。有一個癱子，給四個朋友用擔架抬來；朋友們為了讓癱子得到耶穌的醫治，他們把房子的棚頂給拆了，將癱子吊下去。」

「這樣嗎？癱子好了嗎？」小謝摸不着頭腦，讀理科的他，完全不知道二者有什麼關聯。幸好阿寶馬上揭盅。

「痊癒不痊癒，你自己找《聖經》看啦。——我想說的是，艾霞，豈不就是我拆棚頂的朋友！她為了我，她……我卻是連做她的朋友也不配。」念及艾霞，阿寶一時哽咽。

小謝終於明白過來了，他提起阿寶的手，道：「好阿寶，忒傻了！」

「癱子有機會報答全心為他的朋友；而我，這一輩子都無法報答艾霞了，更不要指望能找到像艾霞這樣的朋友。」阿寶一面抽泣，一面幽幽說下去。

「我倒認為，像艾霞這樣的人物，不會要求別人來回報。若真要報答，學她真誠待朋友就是了。」

「唔——」說得阿寶低下頭。過了不久，又聽見小謝喊她。

「阿寶，你道我今天為什麼來看你？」

阿寶早已猜得八九分，只是不敢說出來，怕又一次落了空，只能怔怔瞅住小謝，心頭七上八落。

小謝說：「上個月，小妹給我發了電報，說同意離婚。」

阿寶「嗯」的一聲回應，真的給猜對了。

「我沒說，就是要等小妹寄來離婚判決書，今天收到了，還有這一份報紙。」這時候，小謝從口袋取出《桂林日報》，遞到阿寶面前，上面刊登了小謝妻子要與小謝離婚的通告。

這一年，是二人踏足美國的第八年。

第三章

灰飛

抗日戰爭爆發。

金山帶領文藝工作者遠赴香港、新加坡、馬來西亞等地募捐演出，宣傳抗日救國。這位金山，從前是阿寶話劇上的拍檔，兩人也有過一段不淺的戀情。之前，阿寶有一個戲寶叫《放下你的鞭子》，說的是一個賣唱的歌女如何抵禦強權。《放下你的鞭子》從德國作家哥德的獨幕劇改編過來；每趟演出，都大受歡迎。金山認為，這趟巡迴籌款表演，少不得這個戲寶，力邀阿寶同行，又說讓出團長的位置給阿寶。這等救國大事，阿寶馬上答應了。

當文藝救國團來到新加坡時，出現一個非常有趣的情況——畫家們都爭相揮筆，捕捉阿寶演出《放下你的鞭子》的畫面，其中一個是大畫家徐悲鴻。徐悲鴻畫的，是話劇的街頭表演。畫面上，阿寶穿着白底黑花圖案的大襟衫，微微彎身。徐悲鴻把她畫在正前方，長辮子垂在胸前，紅鞋、紅絲巾、紅腰帶非常搶眼。新加坡磚牆瓦頂的平房刻意畫得不成比例，好襯托前方作為主角的阿寶。阿寶身後圍了一圈在觀看話劇的觀眾，都是當地的居民，少不得的是最愛熱鬧的孩童，那些孩童有給拖着的，有給抱着的，有兩個七、八歲模樣的孩子，索性坐到屋頂上。這幅畫，後來一度被陳嘉庚私下珍藏，之後又館存台北博物館。至於《放下你的鞭子》的演出者們，在日本侵略者的壓力下，巡迴了幾場，就給當地政府驅逐出境。

驅逐出境對阿寶來説真是平常不過，當年阿寶兩夫婦也是被美國驅逐出境的。阿寶訓練有素，對危難的嗅覺非常敏鋭。四月，北京一般都是棉絮紛飛。除非你不出門，一出門，無論如何都無法躲過這飛絮劫；漫舞在空中的棉絮，隨着風，飄落到每一處；單車、肩頭、布鞋，無處不在。遇到潮濕的日子，一腳踩上去，行人路上，踏出一坑一坑污濁的鞋印，鞋底下的破絮，又被帶去別處繼續污染。可是那一年，棉絮不飛了，迎來的，卻是北方吹來的沙塵暴。不要説高大的木棉在沙塵中淹沒，狂風捲住沙塵暴在空中猛襲，整座北京城也都不見了蹤影，連老北京都説從未見過這月份吹這樣的狂沙。小謝和阿寶已是老夫妻，多年奔波，也沒有養過一兒半女。那年一入秋，阿寶便穿了兩件棉襖，腳痛得厲害。還是孩童時，阿寶每天要清洗一家人的衣物，雙腳一直泡在水裏，從冬泡到夏。

兩夫婦看着這場怪風沙，就有不祥之兆，於是避了去香山。一位文藝界的老大哥得知他們來了香山，馬上趕過來看阿寶。這老大哥是滿州人，正黃旗。阿寶清燉了一鍋雞肉，溫了一壺小謝家鄉的蛤蚧酒，三人便來話舊。老大哥曾經給阿寶拉拔到美國巡迴演講教學。他為阿寶寫了一首七絕，鼓勵她，說她的病一定會好的。阿寶淚眼漣漣，道：「病能不能好只有天知，我跟大哥的緣分倒是應該走到盡頭。」阿寶一語成讖：同年，老大哥自殺死了；阿寶的腳一直壞下去，直到癱瘓。

* * * * *

阿寶在地上爬行，艱難地爬到鐵窗邊。「老頭在哪？我要見我的老頭。拜託你們，叫我的老頭來。」阿寶雙手顫抖，緊握鐵枝，聲嘶力竭。漸次，聲音微弱，以至於聽不見。

小謝在另一個牢獄接到阿寶的死亡通知單，立時昏死過去。被關禁八年之後，總理自己也病重了，他為小謝做最後一件事——下令釋放他回家醫治失心瘋等毛病。康復之後，小謝被派到去外交部上班。

* * * * *

北京，小謝外交部宿舍。

一名青年推門進來。這名青年在藝術學院習畫，畫畫得出色。由於要照顧貧困鄉下的爹媽弟妹，這青年選擇去幹不合法的勾當，摹仿真跡謀生。他是鐵定心不會成為藝術家，我們管他叫無名好了。

小謝透過妹妹找臨摹的畫家，說有事拜託。

三室一廳的格局，通道狹窄，只有臥房有窗，顯得黑暗。門沒有關上，無名站在門邊大聲喊：「謝老師，謝老師，我來了。」回答從遠處傳來：「你來臥室。」

無名穿過起座間，進到臥室，但見一個白髮蒼蒼的老人家，穿戴整齊，坐在窗下一把破竹椅上。臥室大約十五平方米，放了一張牀，一張靠窗的木桌。牀上端掛着一個大畫框；懂畫的人，一看便知畫框內鑲着的，是《放下你的鞭子》的印刷本。老人家預備了一張硬淨的木椅，此時叫無名坐下。無名見那張竹椅破爛不堪，以為老人家遷就客人，便說：「謝老師來坐木椅。」老人家卻說：「竹椅，是我兩夫妻回國後添置的第一件家具，跟了我多年，恐怕跟到我死去的一日吧。」

無名不敢推辭，聽話的往木椅坐下。他下意識一瞥木桌；靠牆的角落，放了一疊小謝的著作《永遠在初戀》。北京人都知道這本書，是小謝為紀念妻子阿寶寫的，封面左上角是阿寶年輕時的照片，右下角則是小謝。此外還有一個雲石小盅，和一個米色信封，別無其他。

「牀頭掛的畫，你認得吧？」小謝先來考無名的眼光。

「該是徐悲鴻大師的《放下你的鞭子》。」

「小妹沒有找錯人！」

「謝老師，不是要我抄襲《放下你的鞭子》吧？」無名手心冒汗。如果是，那將是無名抄襲的最高級別的名畫。

「是。你假冒一張出來，要畫得和真的一模一樣。」

「謝老師，請問，畫的用途……」無名戰戰兢兢。

「真畫是我的，假畫也是我的，一切由我負責。你只須問，能勝任與否。」

「我──哈哈──」瞥見謝老師一臉嚴肅時，無名馬上收起嬉皮笑臉，坐直身子道：「能。」

謝老師臉容鬆開了，把放有酬金的米色信封推過去。

無名正要收下酬金時，謝老師卻按住了信封，俯身趨前：「這個任務，有難度，有不情的要求。」

「？」

「要用一種特別的顏料──」小謝說，眼神飄過去……

雲石小盅！

「這是……」

「我妻子的一小撮骨灰。」

「什麼！」無名傻了眼。

「勞動了一整個晚上啦。唉——」老人家放開手，重新挨回椅背上，「我的太太長埋在香山一處小山坡，旁邊是梅蘭芳。長夜漫漫，兩個朋友，彼此溫暖，驅走黑暗。昨晚，去打擾她，掏了一坯骨灰，怕夠用的了。」

「這骨灰？」

「加進顏料裏去。」

「啊！」

話一至此，忽然，天上打了一個悶雷，窗外霎時變了顏色，灰黑的雲層快速移動，像變魔術似的變大變厚，天直往下壓，四方八面襲來冷風，真箇風雲變色。

* * * * *

無名慶幸自己早有準備，用膠布包起畫筒，沒料到的卻是這骨灰盅。他除下外套，小心翼翼的，把骨灰盅用外套團團包好，往背包的口袋尋覓……在其中一個口袋底部找到一段掛畫用的緞帶，於是用這緞帶綁實外套。

把包裹好的骨灰盅放入背包，用其他物件依傍穩靠。無名動作非常快速。

恐怕雨快要落下來！

拔腳快步！

隆——隆——

噠——躂——

雨腳比無名的腳更快，終於，響亮的一下。

啪——啪——

繼而猛烈、急速，雨瘋狂的瀉下。

「師娘，我可要起跑了。」

無名走入密雲，走入滂沱大雨，走入黑暗——

風蕭蕭。呼呼——呼嘯聲猶如猛鼓，猛鼓聲中夾住輕訴：年輕人，跑吧，背着我奔向前方吧，最終必走入光明。黑暗的盡頭就是光明！

第四章

逆走行動A

有一座城市，曾經，被捧上了雲端；忽然，失去了重心，翻滾下墮，跌進泥淖。

＊　＊　＊　＊　＊

北區醫院。

一名青年，十八、九歲模樣，戴黑色鴨舌帽，外罩一件薄荷綠輕質長身連帽風衣。他左手藏在風衣內，按住小腹，衝入急症室。

「我受傷了。」青年跟守衛説。

「先去登記。」守衛指一指登記處。

「我受傷了。」隔住塑膠板，又重複一次。

「身分證。」

……

「登記費。」

……

然後，青年按指示坐到橙色塑膠椅上等分流。隔了兩個座位，一名用繃帶裹住左腿的大叔問：「第一次來急症室？你好像什麼都不懂。」

「呃，我小腹受傷。」

「流血嗎？」

「流血。」

大叔笑了。「我從施工地盤墮下，骨折得厲害，怕要等上兩、三個小時。你呢，半天以上吧。」

「什麼？」

果然！有人給輪椅推進來，每分鐘都有救護車駛入急症室停泊處。右邊的綠色厚簾幕內，會突然傳來撕心裂肺的哭叫……人潮去了又來，來了又去，而始終，聽不到喊自己的名字。

這個時候，青年隱藏在風衣內的對講機傳出聲音：「看醫生了？」

「沒有，說要分流……」

「什麼，還未分流？」

「你們沒有說要分流。」青年反駁。

此時，對講機又響起另一把聲音：「有沒有按計劃，一進急症室便假裝暈倒？」

「又話要身分證，又話要交費，亂咗陣腳，也就忘了。」青年解釋。

「唉！」那一邊，不止一把聲音一同歎氣。

「……其實，還有一個更嚴重的問題。」青年支吾，續道：「我小腹上的血——都乾了。」

「唉！」又是一同歎氣。

「你馬上走出去，大叫一聲：我暈了，然後瞓在地上。」是剛才問他有沒有假裝暈倒的同一個人。

「唯有這樣了。」

「有人信嗎？」

「難道認命説行動失敗？」

青年硬着頭皮站起身——他見嚴重的病人都被送入一扇緊閉的門後面，於是，慢慢向那緊閉的門移動。

「記得大叫一聲，引起注意。」

快到門邊——青年張開口，先輕聲練習，「哇——」，繼而挺胸，深呼吸，大叫：「哇——」

「哇——」四周同時嘩聲四起，人羣散開——「吐血！他吐血，快來救他！」

青年也不明所以，怎麼自己「哇」的一聲，竟然吐出大量鮮紅的血，吐得一身、滿地都是。驚呆了，看見血，一陣昏眩，腳一軟——

「喂，喂！」

「醫生，快來搶救，護士！」聲音雜沓，飄散，模糊。

青年昏了過去。

「喵——」

聽見開門聲，格格罕見地跑了出來，緊貼着我的褲腳轉來轉去。

無事獻殷勤……不過我並不急於知道原因，作為一名私家偵探，屢次，答案自然找上門，我自然會知道。

客廳內沒有人，一扇房門緊閉，另一扇房門半掩。推開半掩的門——太太媛，一身外出服，面朝向牆在牀上躺着，微微發出鼻鼾聲。

這個就是原因了——格格或者缺水，或者缺糧，又或者兩者皆缺；不過，我並不打算立刻滿足格格。

在家，身處食物鏈最底層的我——冷眼旁觀，何樂而不為？

讓我不放心的倒是太太，她少有累得和衣而睡，發生什麼事？

太太是虔誠天主教徒，很愛天主，在教堂的服務多不勝數，我經常拿耶穌的話來取笑她：你愛我比這些更深麼？愛，都愛。都是這樣的答案。

聽見嗎？都愛！愛有層次，正如我身處食物鏈最底層，我也身處愛的最底層。那麼，誰身處愛的最頂層？格格？天主？

愛使人滿有動力，愛更使人勞累。我又有了答案。

輕輕帶上門，轉去姨甥女見希的睡房——房內並沒有人。站在房中間，拿起手機在愛家羣組問：你在哪？沒有回應。

自從見希的媽媽、媛的大姊不知所蹤之後，媛便把姨甥女接到家中，當親生女的撫養。媛的姊姊叫錦秀，一個錦媛，一個錦秀。錦秀是大美人。我不知道天下間的美人是否脾氣都差，總之，錦秀脾氣非常差就是了。一名見習督察死命來追求，我的丈人當時便說了，女兒脾氣差，受得住才好。見習督察說受得住。不能始亂終棄。肯定不會，見習督察發毒誓。結果呢，大家都懂的。

據說很少警察會離婚，離婚對警察沒有好處，反正在外頭多置一頭家更方便。錦秀的丈夫卻堅持要離婚，可見他多麼想擺脫妻子了。就在這個關口，錦秀丟下女兒跑了，就是不要簽紙離婚，直至現在也不知去向。

自從見希來了之後，我的愛的位置又移落了一層。

見希出事了？

只有見希才可以讓媛失魂落魄。不過，我不能問媛，只能自己找答案。如果真的有問題，要自己找出問題，靜靜的去解決。在媛眼中，見希是一名天真無邪的少女，並且永遠是天真無邪的少女。

只有生活在底層的人才知道，生活多麼艱難。你沒有問題，問題會來找你。年輕人的麻煩是什麼？就是自找麻煩。身為私家偵探，見壞人多過見好人，好人定壞人，一眼便看得出。年輕人沒有這種本事。世界上有兩種人；有靈魂的，和沒有靈魂的。年輕人分辨不出這兩種人，麻煩的是，他們總愛往沒有靈魂的那一邊靠。非常肯定，見希出了狀況。

噹啷——

廚房傳來響聲。我移動去廚房。

格格的食器給打翻了。嘿，給我顏色看了！沒關係，看你的公主脾氣能維持多久？告訴你，未來的一段日子，你只能靠我！

先要查明見希的去向。見希一日不回家，太太一日不能回復愛的動力。要通知見希的爸爸？當然不會，父女二人勢成水火。這個時候，電話鈴動，是見希爸爸來電。他現在不是見習督察了，已貴為分區總警司。

「出來見個面。」掛線了。這句話的意思就是，有案件要調查。夠我忙的了。

第五章

桃花扇

中午時分，私家偵探高皆走入上環文咸東街一棟商業大廈。這棟大廈的商鋪，食肆佔了七成。高皆按了升降機要去的樓層。

哐——

乘客魚貫步出。一家很受城中人歡迎、走高檔路線的網燒店。高皆走進去，知客一見高皆，笑盈盈，走在前頭領路……到了一間寫着「近江」牌子的廂房，推開趟門，讓高皆走進去。「客人到了」，說了一聲，隨之把門關上。

嗞——嗞——

一名身材高大的中年漢，早已吃得津津有味，聽見開門聲，也不抬頭。高皆喚了一聲Chief，除下外套，坐到了男人的對面。

「先喝一杯梅酒，你的一份隨後就來。」被叫Chief的中年漢說。

高皆為自己倒了一杯梅酒。不一會，高皆的那一份也送入了廂房，無非是整隻牛的不同部位。高皆並不特別喜歡網燒，對牛舌更不感興趣。總警司，高皆口中的

Chief，每次有案件轉介，例必在這兒設席。高皆無不配合，畢竟相識差不多四分一世紀了，初相識的時候，對方還是見習督察。

眼看他起朱樓，眼看他宴賓客。孔尚任的《桃花扇》。

放在網邊燒的牛舌夠火喉了，高皆猜想，總警司會伸筷過來夾。果然——

警司把牛舌夾起，放入口中時，不忘說：「你不吃的，是嗎？」

「是的，我不吃，你好記性。」最後，警司滿足了，打了個嗝，斜身坐着，愉快地看着高皆把最後一口和牛放上燒網。高皆又想，警司是時候把案件遞過來。果然，如他所料，警司瞄一眼早已放在桌上的一個牛皮信封。「儘快辦妥，涉及刑事罪行部分就交由我處理。」

城中不少案件，當事人不想張揚，不想媒體報道，為了保密，警方會向當事人提議，把案件交給私家偵探。

高皆打開信封，兩頁紙，一頁是案件的一般資料；另一頁，打印了一幅畫。

「這是——？」

「放下你的筷子。」

「什麼？」

「我説，先放下你的筷子再看。」

警司原來怕高皆弄污紙張。「是徐悲鴻的《放下你的鞭子》，在新加坡畫的，給人潑了血。」

「勒索？」

「應該是吧！」

「值錢？」

「最近拍賣，七千二百萬港元成交。」

「嘩！失覺！」高皆向畫打恭作揖。

「我也長知識！」總警司說：「這幅畫原來甚有來頭，刷新兩項紀錄；徐悲鴻油畫售價最高紀錄，和中國油畫拍賣價最高紀錄。」

「這個勒索手段很聰明，連偷都慳番，反正告訴你，我有本事接近油畫。」高皆說，又拿起資料頁看：「這個收藏家名字很陌生。」

總警司點頭，「你竟然懂，坦白說，我不懂。收藏家就是報案人，他入境香港，警方馬上開 file，他是新加坡的富二代。你知道，要喝河水，便要先放棄井水。不料過江龍一來香港，便先給人來個下馬威。」

「資料沒說勒索多少錢。」

「還未有人接觸。」

「是嗎？」高皆直覺覺得事情不簡單，把資料放回信封。

「當事人同意案件轉介……」

此時，趟門給拉開，是侍應生。「謝總，你的座駕已在樓下。」

「知道了。」總警司站起身預備離席，經過高皆身旁時，拍拍他的胳膊，俯身說：「我告訴當事人，你是城中數一數二的神探。」

＊　＊　＊　＊　＊

高皆來到富二代的辦公室，在銅鑼灣，佔地一層，一般裝修，相當低調呢。一名員工已在入口處等候，高皆很快被引入一個全海景的辦公室。接見高皆的，卻不是富二代本人，而是他的私人秘書，打扮讓人一眼便知道，是一位高級行政人員的女士。

「高偵探，很高興認識你，我是 Sue，馬先生一知道閣下出手幫忙，非常高興。」Sue 跟高皆握手，隨即，職員送來一壺陳皮普洱。

連高皆喜歡陳皮普洱都知道，何用私家偵探！滿腹疑團。茶香茶色倒是上乘。

茗茶過後，Sue 告訴高皆一個讓他驚訝的消息：今天，馬富二代不會露面，不會接受查詢，高皆更不會親眼目睹被潑了血的油畫！

「那麼，今天的會面所謂何事？」高皆放下杯子，直勾勾地望着 Sue。

「是要告訴閣下，馬先生沒有向警方透露的事。」

「——哦？」

「不是勒索，是尋仇。馬先生要你找出誰要尋仇，尋什麼仇。」

「馬先生……非常肯定？」

「非常肯定。」

「唔——」高皆牽動一下嘴角，假笑，「不簡單呢。不過，無氈無扇，神仙難變。不能看一看涉事物件？不能跟當事人面談？」

Sue 也隨即皮笑肉不笑，說：「委託費，可以買很多張氈、很多把扇。」

高皆故作恍然大悟，道：「又係喎，我太愚昧了，多謝你提點。」

「那麼，拜託你啦！馬先生希望盡快找出兇徒。」

「兇徒？」

「向名畫狠下殺手呀，當然是兇徒。今次潑血，行動再升級，會是什麼？」

「是的，是的，得加快行動——不過，我有一個弱點，思考很慢。讓我回去慢慢思考一下，是否有本事破案，才告訴馬先生接不接案件。唉——」高皆站起身，「坐得太久了，腦閉塞，什麼也想不出來。」

Sue 馬上收起笑臉。

＊　＊　＊　＊　＊

高皆偵探社。

還未落實接下案件，高皆已分派了工作，吩咐助手們展開調查。偵探社有三名助手，分別是易容高手阿樸，死纏爛打青年阿慕，此外是唯一的女助手小梓，她槍法如神。其實未必件件案件都須用到助手們的長處，而他們也不止一項長處，共通點是很「服」高皆。這趟，高皆要阿慕去查出《放下你的鞭子》的買賣流通線，而阿樸則負責調查富二代的公司。先由阿慕做報告。

「這幅畫第一次拍賣是一九三八年，為的是抗日籌款。由賜荃堂主人鄭應荃以十萬元新加坡幣投得，作私人收藏。一九四〇年曾在第五屆新加坡華人美術研究會展出。後來贈送給黃孟圭，然後又由台灣收藏家馬維建於一九六七年購得。最後落入香港羅姓收藏家手上。這一趟天價的拍賣顯得神秘，不知道買家……當然，我們現在都知道，這神秘買家到底是誰，局外人仍然不知道。」

小梓不耐煩了，她凡事要一蹴而就，要像飛出的子彈般快速，她問：「剛才你說了一大堆資料，有什麼共通的地方？」

阿慕哈哈大笑。「估中了，估中了。老細，我就知道小梓會問。」他走去前面的貼板；上頭貼了《放下你的鞭子》的 3D 打印本。

阿慕在打印本上半部指了一指，清清喉嚨道：「答案就在這兒，這個完全不起眼的廣場——剛才我提及的所有人，都曾在廣場後方政府興建的房屋居住過。」

「啊！好——仔細的發現。」小梓不得不佩服。

高皆聽罷，盯住貼板看。

「如果你佩服他，那我更值得你們嘉許。」阿樸不甘示弱。大家都請他說來聽聽。

「馬某在新加坡經營胡椒生意，後來發了跡。」

「賣辣椒都可以發跡，這倒奇了。」阿慕好羨慕。

阿樸反白眼：「是胡椒不是辣椒。」

「有分別嗎？總之都是幾仙幾毫的調味料。」

「唉——氣炸了！」

「別胡扯了，阿樸你說下去。」高皆說。

「好。馬某當然有錢，但要說是世界首富豪呢，馬某絕對談不上。當他來香港預備大展拳腳時，不是搞金融、搞上市、搞地產，而是開了一家超高級的私人會所；裏頭的佈置極盡奢華，一桌一椅都大有來頭，牆上掛的盡是名畫。城中富豪名媛來此享受，滿足早已澎湃滿瀉的虛榮感。」

「《放下你的鞭子》就掛在裏頭。」小梓猜。

「猜得對。」阿樸點頭：「這個會所叫『香雪莊』。香雪莊的名字甚有來頭。時間關係，我不詳細解釋了，總之，一喊出這個名字，就有萬邦來朝的態勢，懂得這名字意思的人自然從各方而來；投資的、投機的、冒險的，據說，新加坡人免交一年會籍。會員在香雪莊內的一切接洽，活動、娛樂，飲宴，都是超級保密……」說到這兒，阿樸轉向高皆說：「老細，我問過一兩個行家，都說徐悲鴻這幅油畫，是為了討好一個叫阿寶的電影明星，也為抗日籌款，有點急就章，不值這個價錢，還有……」

「還有就是，這幅畫早已失傳，突然跑出來，有點可疑，是假貨也不出奇。」高皆接下去。

「原來你知道！」大家一齊誇張討好的説。

高皆一笑。「電影明星彼得．奧圖……」

助手們都不認識。「噢，你們太年輕了。他是我的偶像。彼得．奧圖和柯德莉夏萍曾攜手主演過一套戲叫《偷龍轉鳳》。柯德莉夏萍爸爸靠製造藝術贗品謀生。一天，博物館要展出她爸爸做的一件假貨，柯德莉夏萍嚇傻了，叫彼得．奧圖去偷龍轉鳳。……當我知道不能一睹涉事油畫，又説不是勒索時，便想起了《偷龍轉鳳》。不過我得説，直到這刻，都不過是我的猜測，沒有實據。阿樸，你有什麼重大發現？」

「當然有啦！」阿樸非常得意，「這個富二代其實不是富二代，而是富三代。」

「吓！」眾人愕然。

阿樸繼續沾沾自喜，說道：「我去查香雪莊的持牌人，持牌人竟然是一名不到三十歲的馬姓新加坡青年。三十歲不到呀！下個月才只是二十七歲生日。」

「咦，跟你同年同月。」小梓說。

「人家是富商呀！同遮唔同柄呀！」阿慕揶揄。

「幸好唔同柄。」阿樸繼續講解：「姓馬的家族，說是賣胡椒，但不知道胡椒是怎樣賣法，招來什麼樣的詛咒。男丁大部分早死，不是死於非命，就是死於絕症。到了這富三代，是九代單傳。」

「咦，想不到你信報應。」小梓說。

阿樸正要回答，已給阿慕搶白：「信，他極度迷信，所以他天天帶阿婆過馬路。」

阿樸好沒氣：「你心口掛的十字架又是什麼？」

「驅魔，驅魔與迷信是兩碼子事。」

「鬧夠了沒有？」高皆喝止，各人立刻收聲。高皆又問阿樸：「這個二十七歲的富三代又中了什麼詛咒？」

「他一出世就發燒抽筋，到今時今日，腦袋還是少了一條筋。」

「嘩，慶幸慶幸，阿樸，幸好真的是唔同柄。」小梓瞪大眼。

「這就奇了，腦筋有問題的富三代如何來香港大展拳腳？」阿慕忍不住問。

「你終於問對問題了，所以我才說是大發現。老細，你說是不是？」阿樸道。

高皆一直聽，眼睛其實沒有離開過油畫打印本，他問阿樸：「那麼富二代呢？」

「富二代十年前死了，現在照顧富三代的是他的爺爺。傳聞他躲在某個深山敲經唸佛，希望死神找不到他和他的孫子。他躲起來運籌帷幄，卻沒人能接觸到他。」

「既然沒人能接觸他，在香港天天大魚大肉也說不定。」小梓妄下判斷，又問：「老細，那麼與富二代有什麼關係？」

高皆一笑。「說是尋仇，恐怕不是向富一代尋仇，也不是向富三代尋仇，富三代當時還未出世呢！」

「所以？」

「是向富二代尋仇。」高皆一頓：「不過，我得重申，直到現在，我都是憑直覺判斷，並沒有真憑實據——」

立時，三名助手同聲唸出高皆私家偵探社的口訣：

任何人即使大聲宣告自己是「客觀」的忠實信徒，卻身不由己追隨「主觀」的腳步。

然後會心微笑。

「老細，我有問題呢！」阿慕說。

「問吧！」

「其實，姓馬的大半不會委託我們查案，為什麼我們要如此大費周章？」

「你錯了，他們肯定會委託我們。」

「自從上次你去他們的辦公室，已經過了半個月。」

「那是因為，他們未能決定，要麼給我看油畫，要麼給我見富三代。要麼兩者都給，而所有的決定都來自不露面的爺爺。」

「原來如此。」

「老細，你猜想他們如何決定？」

高皆聳肩，說：「誰曉得？」

「如果有得揀，老細點揀？」

「如果有得揀嗎？我一定要親眼目睹被潑了血的油畫。」

「為什麼？」

高皆走近貼板，近距離觀看打印本，然後轉身跟副手們說：「如果我沒有猜錯，血是潑到畫內某個孩子身上吧；如果血真的潑到某個孩子身上，我的直覺判斷是對的，調查方向也就能肯定下來。」

見希的事總算露了端倪——正如我的預測，答案自己會跑上門。警署打電話來，着我把見希保釋回去。她刮花了一輛 BMW，用鑰匙從車頭一直劃到車尾。房車泊在屋苑的停車場，屋苑就在當區警署後面！見希知道房車當時泊在停車場，她在屋苑出入自如。奇怪嗎？一點都不奇怪。她涉嫌刑事毀壞，只等車主說告不告。

回到家，鎖上房門。

意思非常明顯，我不接受盤問，任何形式的盤問。

經驗老到如我的偵探，難道會在風高浪急之際自招麻煩？這個孩子，應該是墮入情網，現在網破了，甚至撒網的人，已經用不着這個網，棄如敝屣。要處理這等事，必須冷靜，也不用花氣力來聽千篇一律的愛情陷阱。那些糾纏不清，理都理不出誰是誰非的事，有誰不怕呢！

很多人都以為，偵探天不怕地不怕，這真是天大的誤會。偵探怕的事還多着呢！那些不怕窮山惡水，誓要緝拿兇徒的幹探，只不過是創作人在冷氣房內筆下的幻想罷了。如果你曾經和十惡不赦的人面對面對峙，我說的是一尺以內的對峙，甚至受過傷，見過死神的面，你不會這樣驕傲的。你懂我的意思嗎？

凡事總覺力有不逮，量力而為最為穩妥。兇徒，非親非故，你還要為他們賣命嗎？

遇到關鍵時刻，生死抉擇時，最怕什麼？就是碰到無所畏懼的人。我家中便有一位。有一個患了重症的老教友，旁人問他有什麼心願，他說最想往梨山聽原住民唱聖歌。我家的虔誠天主教徒，二話不說，組織了一個旅行團一起往台灣梨山進發，要坐輪椅的團友佔了一半。我勸太太別辦了，她說，你在家為我祈禱便可以。我膽顫心驚——我怕我不夠靈力，祈禱無效呀！那你就求天主賜你靈力嘛！耶穌不是說，只要有信心，一點不疑惑，即使叫那座山投入海也都可以。你不相信天主？我的媛說得理直氣壯，一對天真無邪的眼睛瞪得老大。信！當然信！我信不過我自己呀！如果我求天主為我把一座山扔進海，祂就扔進海，哪我還有什麼不可以求？

想到壞人也可以祈求天主，我就怕得睡不着覺。

喵——喵——

只見格格走到見希房門口，叫了兩聲，坐下來。我靜靜觀察牠五分鐘。五分鐘內，格格再叫了兩次，用手抓門一次。明知我在觀察牠，卻假裝看不見。

高手喎！你說，棋逢敵手時，我是興奮抑或是害怕？

第六章

逆走行動B

北區醫院門外。

一輛七人房車泊在醫院大樓門口外，近大路旁。車上三名青年，Jay、觀和Steve焦急等候，駕駛座上的Steve不時觀看倒後鏡，「怎麼還沒出來？你催催阿基吧！」後座的Jay說：「催過了，他說等攞藥，藥房人頭湧湧。」

「什麼！攞藥？叫他快出來，拿回家真會吃嗎？」副駕駛座上的阿觀提高聲浪。

「不用吃？覆診時醫生問起怎麼辦？」

「覆診？救命！」阿觀用頭撞向玻璃窗。

「不要撞，我阿爸好錫這輛車！……出來了！出來了！」

幸好，他們等候的病人出來了；在急症室吐血的青年，依舊是螢光綠的風衣，不過換上一件新鮮乾淨的。這四個青年，一同參加樂施會的毅行者。四人一隊，隊服就是螢光綠背心和風衣。然而，似乎只有阿基最偏愛隊服，天天套在身上，給人青蛙基青蛙基的叫，只見他向七人房車半跑半走。

車門打開，阿基迅速跳上，七人房車飛快駛上保健路。

「吁——吁——總算，總算逃出醫院！」

「檢查報告怎麼說？」

「一切正常，只是血色素稍低，醫生給我開了補血丸。」當天，阿基馬上給送上病房，醒來後，沒有再吐血，留院觀察了兩天。

「你就是等攞補血丸？」

「攞返去俾嫲嫲食都好。」

「到底為什麼吐血？」

「這個——」

「你還不明白公立醫院？」阿觀好沒氣。阿觀自命是中國文化的傳承者，只信中醫，別人都「尊」稱他阿觀子。

「你明？」Jay 說。

「唔明！」阿觀正待發表偉論，其餘二人已異口同聲作出決絕的回應，表示話題到此為止。

「我重申一次，以後都唔好提急症室三個字。」阿觀氣呼呼。「白費工夫。」

「唔係喎，我們的血洗油畫大行動，馬氏集團竟然沒有任何動靜，媒體也沒有跟進報道。全靠我去急症室，飛機撞紙鳶，一名網媒同一時間去急症室求診，他拍下地上的一灘血，放上網，才掙到一段報道。」阿基說。

「如果油畫被刑毀一事沒有曝光，誰會將一名青年吐血的事和油畫扯上關係？我們的計劃是刑毀者負傷去急症室，然後媒體大肆渲染。更何況，吐血呀，唔係切腹呀！」

「唔緊要，最緊要 Miles 信，Miles 信才最重要……」阿基說。

「好了，calm down。」正當阿基和阿觀爭得面紅耳赤之際，Steve 阻止。

Steve 是這四人中的軍師，家底最厚，家族經營化學劑製品。這一趟，用來弄污油畫的血，就是 Steve 用配方調成的假血，一個星期後會逐日褪色，以至不留痕跡。阿基口中的 Miles，是他們毅行者的教練。四人本來報了名參加新一屆的毅行者「逆走 100」，由於疫情和種種限制，決定轉戰比利時舉辦的毅行者。離起程三個月，教練 Miles 卻出了狀況；四十歲還不到，竟然輕度中風了，說是得知油畫拍賣了天價，激動地爆血管，意志一天一天消沉。

車廂內果然安靜了。隔一回，Steve 再度開腔：「油畫遭破壞，馬氏集團沒有可能不採取任何行動，只是我們不知道吧。」

「如果他們低調處理，不動聲色，那就間接證明 Miles 所說屬實。這個馬氏集團真的有不可告人的秘密。」

「無論他們有沒有行動，一個星期之後，假血褪去了，事情豈不就告一段落？不了了之，可以嗎？」

「Miles 毫無起色！」

「要採取更激進的行動嗎？」

「什麼，我已經切腹了，還有什麼更激進的行動？」阿基反應最大。

「下一步，先探聽馬氏集團的動靜，再從長計議。」Steve說。

「反而，我更好奇阿基的吐血。青蛙基，吐血那一刻，你在想什麼？你是怎樣想的？」阿觀問。

阿基猶疑：「要聽真話？」

阿觀作勢要打他。「我嗎？」阿基搔頭，「……我當時想起耶穌。」

「黐線！」

「起曬雞皮。」

「我說真的，我想，如果當時耶穌在急症室，祂會怎樣？」

嘟——

這個時候，Steve 的電話出現一條不明來歷的訊息。看完訊息，Steve 面露疑惑。

「有人告訴我，油畫要移交去一間私家偵探社！」

第七章 Saturday

Saturday 從頂層乘升降機到辦公室吃早餐。

厚多士，蜂蜜芒果茶，牛油果烤雞胸，還有三顆綜合維他命丸。每天早晨，只要看見這一盤不變樣的早餐，Saturday 就會精神暢快。他坐到慣常的位置上，拿起鍍金餐具，坐好姿勢，然後抬頭向窗外望——

每天第一個任務，就是幫陽光尋找記憶。

他已練習了一千八百七十一個日子，如何在不同的天氣下，讓光線投射的角度分毫不差地映照在身上，倒影灑落，在地板上構成一幅如同剪紙般精妙的圖案。

Saturday 稱心滿意！放下刀叉，拿起厚多士，咬一口，咀嚼到一半，放下，喝一口茶，再次拿起刀叉……那雙手細白如瓷，烏亮的頭髮自然鬈曲，眼睛像天真無邪的天使。

嘟——

升降機發出即將抵達的訊號，門開處，一個妙齡女郎走入辦公室。這女郎，上身一襲非常華麗的中式刺繡圓領大褂，長度肆無忌憚向下滾，下襬露出一條全黑真絲百摺裙，一雙名牌高跟鞋把柚木地板敲出帶有節奏的小圓號音符，音符敲到正中央倏忽停頓。

「馬先生，早晨！」妙齡女郎朗聲打招呼。餐廳像舞台一樣升高，霸佔了全條海岸線。妙齡女郎和 Saturday 的距離相當遙遠。

「咦！」

Saturday 抬頭，不是 Sue！任何沒有預期的改變，都會令 Saturday 感到不安。他依稀記得遠處的女郎是藝術總監，卻記不起名字。

「Sue 呢？」

「Sue？哦，Sue——給辭退了。」

噹——啷——

Saturday 驚嚇得掉下刀叉。

藝術總監想不到老闆的反應這麼大。在馬氏集團工作的第一個守則，就是凡事將老闆放在第一位，不是嗎？

「我犯了什麼錯？我有嗎？」

「怎會呢！Boss永遠是對的。馬先生，吃完早餐了？可以移步過來辦公室嗎？」馬氏集團的另一個守則，就是不能聯繫和討論離職同事，更何況，對妙齡女郎來說，今天將是忙碌的一天！

Saturday一面緩慢移動，一面腦海轉動出一個念頭——是那幅油畫惹的禍？不過，他知道不能在藝術總監那兒得到答案。他坐到沙發上——

「你叫——？」

「我姓溫，單名璣。」

「姬？女字旁的姬，歌姬的姬？」

「不是，玉字旁，字字珠璣的璣。」

「哦——很有趣，」Saturday 來了興頭，「如果換成木字旁，也是機，不過是飛機的機，如果沒有字旁……」

「馬先生，馬先生，忘記拼字遊戲，完全忘記它，由今日開始，完全忘記。」

「完全忘記？」

「是的，完全忘記。」

每換一個私人助理，就換一次遊戲！不過，Saturday 也習慣了。

「溫璣，」Saturday 聳聳肩，換了一個坐姿，問：「你會給我什麼樣有趣的遊戲？」

「肯定比拼字有趣。不過且別忙，休息一、兩天吧！」溫璣甜甜一笑。

登——

Saturday 的專用手機出現藝術總監發給他的短訊。

「馬先生，這是今天黑金卡會員使用會所的名單，請你按照規矩，去跟他們打個招呼，而他們的個人資料，和有興趣的話題，我都會逐一為你預備。此外……」

「咦，且慢——」Saturday 從手機抬頭，面露疑惑，「怎麼今天的活動，都集中到北座和西座？」馬氏集團買下位於中環一棟新落成的十二層高酒店，重新打造，以中世紀修道院為藍本，設計成高級私人會所。南座是入口所在，迎面是開放庭院式的意大利餐廳，再過去，就是東座主體樓房。

「我正要向你報告，馬先生。東座今天不對外開放，要進行館藏轉移。限於行動屬 top secret 類別，若有會員問起，你笑一笑便可。他們自然會聯想為有不便透露身分的人物在東座。」

「館藏轉移？」

「是。《放下你的鞭子》今天轉移到我們聘請的私家偵探社。」

「霍」的一聲，Saturday 從沙發彈起，緊握住手機的手微顫。

「《放下你的鞭子》？沒錯？」

「沒錯。」

「私家偵探社？不是開玩笑？」

「不是開玩笑。」

Saturday 眼睛睜得老大，雙腳一步一步慢慢移向溫璣，不可置信的瞅住溫璣。

溫璣只好也瞅住老闆。兩雙眼睛怔怔對望。

怎會有這樣俊俏的男人？溫璣看着眼前像大孩子的男人。腦筋竟然有問題，果真造物弄人！

彼此的盯着。

「溫璣……溫璣？」

「吓？」

「什麼時候轉移？」

「約好保安、保險和搬運公司，下午三時正要安全送抵偵探社。」

Saturday 望一望腕錶，嘴角牽起軟弱無力的笑意：「我有一個請求。」

「馬先生吩咐便是，何用請求。」

＊　＊　＊　＊　＊

Saturday 的請求，原來是要在《放下你的鞭子》移送之前，和油畫單獨相處。

《放下你的鞭子》原本在北座五樓的 top level lounge 展示，發生事故之後，移放往南座十二樓頂層。「鎖在金絲雀客廳，你記得嗎？金絲雀客廳。」溫璣陪 Saturday 前往南座中途時問。

Saturday 想一想，「呀！轉了用我的手掌開鎖的那個房間！」

「對。」溫璣點頭，嫣然一笑，「湊巧呢！你不說要獨處，我也要借你的手掌一用，只不過把時間推前了。」

抵達目的地，溫璣告辭了。「抱歉，獨處時間只有三十分鐘。」溫璣匆匆離去。

吱——咯——

門鎖在 Saturday 掌紋鑑定後解開，Saturday 推門步入室內。室內裝置也無非世界級大師設計的燈光，濾光板和金屬網組成的落地玻璃幕牆，鏤空桃花木屏，磨砂玻璃，噴珠烏金屬區隔，看得多了，也只覺膩和累。Saturday 只專心尋找油畫的芳蹤——

嘟——

手機有訊息：油畫在飯廳左邊間板的夾層內。

飯廳在房間的最深處——不用多費神，已經看見左邊夾層露出一角覆蓋油畫的白布。Saturday 心跳加速，趨前，一手按住布角，另一隻手，慢慢將油畫逐寸逐寸拉出來。

＊　＊　＊　＊　＊

兩個月前。

Saturday 在辦公室玩拼字遊戲，Sue 走進來。

「真有意思。」Saturday 從字堆中抬頭，面露得意之色：「官，加竹就是管；加草就是菅，自己獨個兒就是官。還有這個藤，籐和滕，我查過了，除了唐朝的滕王閣序，滕原來可以用作姓氏。」

「馬先生快要成為漢字學家了。」Sue 最懂奉承老闆，而且這一招非常管用。正當 Saturday 還在自我陶醉，Sue 遞上當天的日程表；日程表做得非常仔細，以三十分鐘為單位，必要的地方加了備註。

Saturday 注意到，有一個新館藏開幕暨黃昏酒會。

「《放下你的鞭子》——很趣怪的名字。咦，這個鞭字好玩，不要部首革是便，不要革也不要人就是更。」

「是徐悲鴻的油畫，剛在拍賣行以高價投得。」

Saturday 看看備註欄的價錢，伸伸舌頭。他對數目其實沒有概念，不過既然說是高價，便扮作咋舌以示明白。

「馬先生可以選擇不出席。」

Sue 並不想老闆出席這種公開場合，要緊隨他身後做提示十分累人。

「有沒有我喜歡吃的黑松露迷你批？」

「我可以拿給你吃。」

「不，我要現場吃。還有，我要見識見識鞭子。你估我唔到吧！哈哈——」

「呃——」

＊＊＊＊＊

沒有鞭子。

油畫揭幕，Saturday 看不見鞭子，更不明白《放下你的鞭子》要表達的是什麼，他面帶微笑，在賓客中周旋，專心傾聽，讚賞徐悲鴻的聲音此起彼落，不少人對那個天價嘖嘖稱奇，而 Saturday 的手一次又一次伸向黑松露批……

曲終人散，Saturday 的注意力才認真投向油畫，他用餐巾一手掃清餘下的黑松露批後，走向油畫，逐寸逐寸欣賞，要看出它的價值來。前方的主角是一位賣藝的歌女，後排圍觀的觀眾約十餘人，有老有嫩，有平民百姓，有軍人，在一個赤腳老頭身旁還有一頭黑犬。除了賣藝歌女面貌清晰之外，其餘人物像可有可無的模糊，眾人的目光都投向前方的歌女，唯獨一名手抱的娃娃，不耐煩似的，頭向上望着一座黑瓦頂白牆的房子。Saturday 順着娃娃的目光移向房子。

咦——烏炭似的瓦頂、坟灰的牆身，暗中發光，白中閃亮。Saturday 捽一捽眼睛，不可置信，再趨前，伸手……

「小心，不要弄污油畫！」後面一個聲音急急喝止。

「Sue，你看見嗎？」Saturday 不用回頭，也知道是 Sue。

「我看見你油膩的手指快要碰到油畫。」Sue 沒好氣。

「那座房子，有鬼火。」

「你知道鬼火？」Sue 忍耐着。

「我知道，我真的知道。」Saturday 非常肯定。「小時候，奶娘經常抱我回鄉探親，她的房子後面，小山坡上一排一排的墳墓。晚上，黑得伸手不見五指，只見天上一閃一閃的星星，和地上一眨一眨的鬼火。」

「馬先生，世間上沒有鬼，不要迷信啦！」

「你才迷信，」Saturday 哈哈地笑，「我跟你說科學。奶娘告訴我那些綠色的光是鬼火，後來，家庭教師說，那是骨灰中的磷作用，磷這個化學元素在暗處發出微光。」

「馬先生說什麼就是什麼……總之，再不要靠近油畫了。」

Sue 擠到 Saturday 和油畫之間。

Saturday 聽話走開了。一面喃喃地道：「油畫不是馬氏買下的嗎？我不是油畫的主人嗎？你說不要靠近。嘿，我偏要靠近。」

你知道嗎？我認定他！他就是我的命運！

喵——

透過門縫，我瞥見見希坐在牀上，撫着格格的頭喃喃自語。親切的格格，喵的一聲作出得體又是見希想要的回應。這份親切，從來不會在我身上賣弄。

你都同意了。見希心滿意足，立刻把格格攬入懷中。

嘿嘿！誰最心滿意足？絕對是格格！

命運？大家都懂得命運？人人都是星相學家？

幹我這一行的，我會逼自己看書，書是不能不看的，即使你一看見大大小小上下古今中西內外的字便頭痛。奧古斯丁的《懺悔錄》絕對是我書架上不能缺少的，沒有圖片，佈滿字粒的一本書。有一句話，他老人家一針見血：一個人，不論哪一個人，只要是人，能是什麼？

嘩，讓你自卑到不行。

對於我來說，要破解一件案件，不管如何棘手，都是早晚的事。最惱人卻是，下一刻，我該如何決定？一瞬間所作的決定，足以改變一切，而可憐的人，永遠，是永遠無法改寫既成的事實。

好吧，就算見希遇上BMW男是命中注定，然而，拿起鑰匙從頭至尾劃上一筆就是一個念頭。一個念頭，可以反覆思量十載八載，決定行動需要的時間則零點一秒都不夠。

我當天也是這樣和BMW男說的：現在看你了，你的決定如何，你的命運也必如何。

第一眼，我便認出這種賤男，非常容易辨認，每隔一年都會遇上一個半個；當然，氣質略有不同，簡而言之，就是「城市獵人」！專注的尋找獵物的腳蹤，無聲無息地跟在後面，一步一步挨近獵物，腎上腺素不斷上升！獵物到手又如何？腎上腺素迅速下降！接下來該如何是好？這才是關鍵，他們的內心充滿掙扎。

BMW男，非常專業，是捕獵高手。當我向他表明身分時，他有一瞬間的驚訝，眼神閃爍不定，可是很快，鎮靜下來，做出決定。

我如何知道？因為接下來，他擺出誠懇的態度，說：你放心，我會原諒她的。見希是個可憐的女孩，自小失去父愛和母愛！她對我只不過是移情作用。

有意思了！他的腎上腺又再一次上升。連姨丈都跑出來，這場遊戲更添樂趣。BMW 男決定玩下去。

我會讓他繼續玩弄獵物！我會讓他來左右見希的命運！

百分之一百，你知道我的決定，也同意我的決定。至於如何逼 BMW 男就範，手段就不必交代了。

另一個作家，戈馬克．麥卡錫的小說，也會在書架上佔有位置，在他其中一本著作裏，麥卡錫透過一名警長的口說：人總是自以為很清楚自己要的是什麼，但通常並非如此。有些時候，只要夠走運的話，最後也能得到那樣東西。警長所說的走運，指的是上天的眷顧。對於自己一世走運，警長最後說：人總是抱怨有些倒楣事不該發生在自己身上，卻又總是對遇上的好事閉口不提，彷彿那些好事本來就該落在自己身上。我可不記得自己求過上帝，請祂多眷顧我一點，但祂還是這麼做了，不是嗎？

警長的話，久不久就在腦海浮現，可能我們是同行吧！

叮噹，叮噹——

郵差派掛號信。

見希收到小額錢債案傳票，要上法庭！

砰！

見希衝入房間，大力關上門。命中注定的男人配合我露出真面目。

上一刻被抱入懷，下一刻翻了個筋斗！格格夾着尾巴走入廚房。

我跟着格格的尾巴走入廚房，只見牠沒精打采趴在廚房的小露台上。

唏，我故作低聲下氣：人有三衰六旺，貓有不測之風雲。不過我相信你，你總有辦法的。

胡——

格格抬頭，身體脹大了一倍，面膛發紫。

輪到我夾着尾巴走了——行衰運的貓是不好惹的。

第八章 逆走行動C

「不用再花心思在我身上，我只不過是浮蝣般的活着。」Miles 說。

大圍的一個村屋單位。一名外籍傭工正為 Miles 進行按摩。自從中風後，Miles 一下子老了十年，像一塊飄落地上的敗葉，剝離，失去重心。Miles 用悲哀的眼神追隨着那片敗葉，「直到它掉到地上，失去原有的顏色，徹底的破敗。」想至此，Miles 閉目，不久，眼角淌下淚，全身靠上椅背。

一個小時了，Jay、阿觀、阿基和 Steve 來探望 Miles，看着他起身吃飯，看着他不言不語，終於開口了，說的一句話，表達的是放棄和賭氣。

「浮蝣是什麼？」阿基悄聲問，沒人回答。

「我們每天都在練習，可是，沒有你，就似一盆散沙。」

「練習全依據你的設計，就是缺乏靈魂。」

「沒有士氣。」

預備參加比利時「逆走 100」的四個青年，像留聲機，不斷重複又重複以上的話，卻無法打動 Miles。

傭工停止按摩，用毛巾輕印 Miles 的眼角。

「Kitchen。」Steve 指一指廚房——

離開了。「你還是放不下那幅油畫？我們已經破壞了油畫，把血潑往手抱的娃娃身上了。」Steve 望着傭工的背影消失，在 Miles 耳畔説。

Miles 睜開眼，嘴角掠過一絲軟弱的嘲弄：「笨的不是我。」

「笨的不是我？——唉！」Steve 搖搖頭，投降了，退回餐桌上，四人重新坐到一處。

Miles 按一下遙控器，接駁電腦的電視機，開始播放一首 Miles 從早到晚，從晚到早在聽的歌：崔健的《飛狗》。

坐在電腦前／像一條狗／數字世界大草原／信息餬口／飛來一個念頭／像時間

穿越／我和草原一起／逆天行走／逆天行走／逆天行走／逆天行走／逆天行走

「『笨的不是我』，什麼意思？說我們戲弄他？」Jay 問 Steve。Steve 低頭默言。

「笨去了竹部首，是什麼字？」隔一回，自命漢學家的阿觀子問 Jay。

「那是……本？」

「那又怎樣？」阿基接住問。

「還不明白？Saturday 的中文名字是什麼？」

「馬士本。」

「好端端的人，因為出世發燒……」

「變了笨人。」

「自小給人『馬是笨』，『馬是笨』的叫。」

「所以——不許人再叫中文名，叫Saturday。」

四人一同抬頭，望向——「唉——」

居高臨下看見／自由的底線／人羣被帶進／羊羣的圈／我如此懸在／顛倒的空間／如同黑洞裏的／一條飛狗／如此的飛／不同於想像／如此的飛／不像鳥一樣／如此的飛／上上下下／如此的飛／跌跌撞撞／扎堆的人羣／沒有盡頭

乾枯的草原／河水倒流／龐然大物／傾斜站立／大人無視／小人顫抖／小人顫抖／小人顫抖／小人顫抖／小人顫抖

「難道我們要了斷那個笨頭？」單是這個念頭，都令袔基顫抖。

「一個人，再笨，也有生存的權利。」Jay說。

「你來認真？」阿基好沒氣。

「不是認真？」

「荒腔走板。」阿觀又一次抛書包。

「講人話，好嗎？」

「難道我在說外星語？」阿觀提高聲線。

「好了。」Steve制止，「阿觀子說得對，我們給Miles的情緒扯得太遠，失焦呢！別忘記，我們的行動，是要幫他從恐懼的記憶中救出，恢復正常，一同去比利時。」

「而不是他幻想什麼，我們便為他付諸行動。」

逆天行走／持續的瞬間／恐懼的記憶／如滿地碎片／天空沒有傾斜／人羣抬起了頭／草原也站起／如海市蜃樓

「對，不但沒有幫他，似乎跟着他滑落了。」

「可是，真的無計可施。」

「放棄？」

「不，我們一定不能放棄。」

「那條匿名信息。」Steve 想起那條信息，説油畫移交給私家偵探。「記得嗎？不管來者是誰，至少，他想讓我們知道油畫的去向。」

各人精神為之一振。

「要查出信息的來源。」

「這個不難。」

「也要查出是哪家偵探社。」

「so easy！」

「嘿！」

如此的飛／不同於想像／如此的飛／不像鳥一樣／如此的飛／上上下下／如此的飛／跌跌撞撞／還有一個選擇／再往上飛／飛到銀河玩宇宙的黑／看準那龐然大物的重心點／回來擊穿它的肚臍眼

「要我們放棄——你？」四人起立，走向Miles。

「除非日頭從西邊升起！」

看準那龐然大物的重心點，回來擊穿它的肚臍眼。

四人一同高歌。

第九章　鬼火

血潑到畫中一名手抱的娃娃身上，不偏不倚。血色已褪，只留下淡淡的痕跡，唯其如此，絲絲的殘餘，更像揮之不去的記憶，濃得化不開。

運送隊伍已撤離，高皆電子簽收，名畫移送行動畫上句號。

「嘩，老細，幾千萬的油畫，會唔會太兒戲？我還以為會如臨大敵。」阿慕說。

「我明白喎，污點證物，暫且保留，只不過還有剩餘價值。」小梓說，「恐怕破案之後，這證物便被人道毀滅。」

「小梓有慧根。」高皆讚賞。

這個時候，阿樸從鑑證室走出來。「報告出來了：不是血液，是某種揮發性極強的化學物品，幸好及時移送，再遲一點，揮發殆盡，便檢測不到。」

「不會的，做過就是做過；連腦袋想過的，都留有記憶，更何況說出的話，做出的事。」高皆卻說道。然後，陷入沉思。助手們噤聲，但凡這個時候，都是高皆找出破案點的重要思考時刻。

「老細，你的直覺果然準確，仿血真的撥到一個娃娃身上！」過了不久，但見高皆眉頭向上戚了一下，阿樸知道他已想通了什麼，率先打破沉默。

「看來，這個娃娃長大了，就是富二代。」

「也就是兇徒的仇人。」

「可是，動機依然不明啊；仇人已死，潑仿血又有何用，想點？」

「一定是深仇大限才會如此大費周章，奇怪。」

「老細，你有什麼想法？」

「沒有。」

高皆此話一出，眾人盡都詫異。

「老細，我以為……」

「我要承認，這是我見過最不合邏輯的案件。不過……」高皆一笑，「不合邏輯卻合脾胃。」

「就是大家經常掛在嘴邊的think out of the box……」

「從事這行業，破案無數……坦白説，有些厭倦，也帶點驕傲。這起案件，帶我去了一條堀頭路，喚醒了我初入行時的熱誠、謙遜和樂趣，更聯想到，無論什麼人，若是人，就有人的限制。」高皆歎喟。

「老細，我們正處在你初入行的階段。」阿慕賣口乖。

「幸好油畫給破壞，不然，你們得縮短這個階段；我已經打算交棒給你們。」高皆打趣説。

「為什麼？」眾人詫異。

「我認為，我貢獻社會已經夠多了，應該把關懷留給我的家庭。」

「老細，你好偉大，哈哈——」

「偉大？誰真的偉大？案還是要破的，我們回歸正題吧。阿樸，你有什麼收穫？」

阿樸是易容高手，較早時候易容潛入香雪莊。

「這個香雪莊果真是高級私人會所，即便一木一石都大有來頭，內裏竟然一個閉路電視鏡頭都沒有，會員對油畫一事更是懵然不知。老細，我有一個大膽的推測。」

「什麼推測？」

「洗黑錢。《放下你的鞭子》，其實是放走你的黑金子。」

「嘩，我服咗你，咁嘅橋段！」阿慕但覺阿樸天馬行空。

「唔係喎，觀乎他們對油畫的態度，洗黑錢的講法很合理。」小梓說。

阿慕正要辯駁，給高皆阻止了。「不要爭辯了，洗黑錢的推斷我會知會警方。阿樸，你有機會見到富三代嗎？」

「當然——無。」

「噓——」

「見不到也是一種收穫！」阿樸申辯，「老細，我查過了。Saturday 住在香雪莊北座頂兩層。除了私人助理，任何人都不能上去這兩層。Saturday 出席的場合，保安非常嚴密。」

「Saturday？」

「Saturday 就是富三代，馬士本。我此行的收穫就是，證明這個富三代真的『見不得人』。哈哈——」

「唔——那麼說，馬氏集團無論如何都不會讓我們和 Saturday 接觸。」高皆道，「會所沒有閉路電視，會所範圍外呢？」

阿樸非常得意，回道：「有閉路電視，我還查了前後數天的閉路電視，而且抽出了嫌疑犯。」

眾人精神為之一振。「怎麼不早說？」

「我早說你們會咁精神？是一隻發光的青蛙。」

登——

各人手機收到一個經阿樸剪裁過的短片。一名穿着螢光綠風衣的青年，在案發前數天在香雪莊外頻密出現，案發之後卻沒有再出現。

「你肯定是他？」

阿樸解釋：「出入香雪莊的人都有名車有司機，身光頸靚……而且，我還有一個他脫不掉關係的重大證據。」

「什麼證據？」

登——

又有短片。「同一隻青蛙，在案發當天，在北區醫院急症室吐血！」

「嗯，老細，整件事，正如你所說，非常不合邏輯。嫌疑犯去急症室！」小梓看着手機屏幕瞪大了眼。

高皆閃過黠慧的眼神。「弄污油畫用仿血，去到急症室吐的會是真血？太有意思了。阿樸，多謝你，調查仔細，又有突破性發現。」

阿慕訕訕地說：「老細偏心呢，憑我死纏爛打的能耐，遲早也會查到同樣的結果。我們兩個不用參與？就此遊手好閒？」

「你放心，夠你忙的了。憑這些線索，我們就能像解繩結一樣將謎團解開。」

當下，高皆分配了各人的工作，助手們磨拳擦掌。

「老細——你呢？」

高皆很少袖手旁觀。

「我嗎？」高皆站起身，向私人會客室走去。油畫暫時寄存在會客室。走到門邊，高皆回頭微笑：「既然大家都將油畫棄之不顧，且讓我來陪伴它，也好細心欣賞這幅畫的真正價值到底在哪裏。」

* * * * *

Saturday真正自由的時間是睡醒後至十時半上班前，其餘時間，包括娛樂，都納入日程由私人助理管理，為了看《放下你的鞭子》，他決定早一點起牀，能想到這麼聰明的方法，Saturday自覺得意。他穿着毛線襪，開胸睡衣，躡手躡腳乘升降機到第五層——

相對於其他樓層，北座五樓的裝潢現代化，光線充足，隨意擺放現代中外藝術家的藝術單品，油畫只有一幅，就是徐悲鴻的《放下你的鞭子》，掛在五樓升降機廊的牆壁上。只要坐到靠窗的任何一張扶手椅上，Saturday都可以細心欣賞油畫。

第一天清晨，他選擇坐到第三排——每一排，都由三張扶手椅和一張小圓桌組合成休閒區。藍白格子的扶手椅偌大又舒適。

咻——

坐到面向油畫的那一張上。

透過落地的白紗窗簾，陽光帶着薄霧的輕柔，像穿過萬千年前早已架設，卻不常看見的軌道降臨。有時，停泊在一個老婦的項背上，一道溫熱，讓她想起某個人溫柔的撫摸，她一下子從昏睡中瞪開眼，疑惑，卻無法想起撫摸她的那個人是誰。

下一刻，陽光選擇了一隻手，從前厚實，如今卻軟弱無力的手，擱在扶手把上，陽光用溫暖喚醒手心的冰涼，手的主人於是把手舉到眼前審視，他記得，這隻手，曾經拖過一個小孩上學，如今，這個小孩怎麼了？

第二天，他坐第二排，第三天坐第一排，之後，再沒有移動過。

鬼火。那是鬼火。並不是每個人都有這樣的幸運，可以看見鬼火。本少爺，你親眼看到鬼火，我安心了，相信我，你是個有福的人。奶娘抱着他，奶娘輕輕的晃動着身子，奶娘的身子像個搖籃。他知道奶娘在跟他説話，奶娘帶着某一種鄉音，跟爸爸講話的方式不同，也跟爺爺講話的方式不同。是的，大人説話的方式竟然有很多的不同。他卻必需承認，即使不帶着口音，他也未必能懂。不管他懂不懂，大人都喜歡跟他說話，好像他是一個口袋，將話放進去很安全。奶娘每天都跟他說很多話，跟爸爸不同的是，為了安全，奶娘堅信他都懂，即使現在不懂，總有一天能懂。

……有鬼火，表示有墳墓；有墳墓，表示有人給埋葬了。鄉音又在耳邊響起。給人埋葬就是幸福。嗯！我的本少爺，香香的本少爺。奶娘把他抱得更緊。你會親手埋葬我嗎？埋葬？奶娘的話逼他將視線投向他看不見的墳墓。近處黑，遠處也是黑。近和遠的黑在他眼裏都是一樣。埋葬是什麼意思？走入無邊的黑暗？遠處的黑跟近處的黑，看不出有什麼分別，只是遠處的黑，因為有奶娘所說的鬼火，那黑更響亮了，咚咚，咚咚……讓耳鼓怪不舒服。奶娘又說，他的舅舅，我母親最愛的兒子，一天給人綁架了，撕了票，聽說撐到大海，然後……

舅舅的骨頭到底尋不回了，母親失心瘋了，沒有了兒子，她無法活下去。一個深夜，赤腳走到海邊，海邊栓着一隻小艇，她解開小艇，撐出去找兒子，撐呀撐，撐呀撐。奶娘更用力的搖晃。自此，我再也見不到母親，應該說，再也沒有人見過我母親。公墓也好、亂葬崗也好……本少爺，嚇壞你了。不要怕，只要給我一個埋葬，我會一直守護你，經我手帶大的孩子沒有不幸福的。奶娘每天都跟他說很多話，又堅信他懂，即使現在不懂，總有一天能懂。

看見嗎，那個手抱的娃娃，就是我，是你的爸爸。本的爸爸俯下身，跟手拖着的本說。爸爸帶他去展覽廳，說要去看一幅畫。本正在房間用粉彩筆畫畫，為隨手抓到的書添上色彩，重複的圓圈，重疊的圓圈，歪斜的，藍色的、黃色的，灰色的。爸爸走入房，拿起一本，看了一會。唔，畫得很好，扔下塗滿圓圈的書。不要畫了，我帶你去看畫，爸爸說，畫中有我呢，真神奇。本不明白為什麼爸爸說畫中手抱的娃娃就是爸爸，不過爸爸說那娃娃是爸爸，那麼他肯定就是爸爸。本相信爸爸。看完畫，爸爸帶本去吃咖椰吐司。那個畫家叫徐悲鴻，很大名氣的一個畫家，當時表演的明星……呃，管她是誰呢。

本的爸爸延續話題：我們住在表演廣場後方，我們一家人，一大幫人，胡椒店的夥計，夥計的家人，總之就是一大幫人。你爺爺很有威嚴，即使是賣胡椒的一個販商，也賣得有威嚴，他認識四面八方的人，特別打仗時期，一定要識人。人前人後都寡言的爸爸，當只有本和他兩父子的時候，會滔滔不絕說個不停。我忘記看過這一齣戲了，又有哪個手抱大的娃娃知道自己看過什麼戲。再大一些，就自己走去看，先是廣場傳來嗆的一聲，敲響鑼鼓啦，孩子們知道有街頭戲上演，趿着拖鞋爭相奔去廣場，搶有利位置，奶娘在我後頭追。

……我們馬家，發了達，出了頭，是廣場後方一眾街坊最先發達的，然後一個一個的發了國難財。誰奢望留名千古！發財立品？那不是你想做就做……到我這一代，在一個大師畫筆下出現，也是不枉此生了。若我能活過五十歲，也算是上天漏眼了，我並不奢望什麼。但我不後悔，我沒有殺人放火，我以你爺爺為榮，我真心服他。如果真的有什麼奢望，就是你能活個七、八十歲。不用理會別人說什麼健康的，正常的。你再健康正常不過了。你說是嗎？本牢記奶娘的話：凡你爹問：你說是嗎？你就點頭說是。於是，本放下吐司，點頭，認真的說是。本的爸爸樂得哈哈大笑，一直的笑，笑出了淚。

呀！

咚！砰！

哎唷！誰？奶娘，奶娘滾下樓梯！

奶娘後枕流出一灘血。

要叫十字車！

且等一等。

報警嗎？

只叫警司來，先不要驚動任何人。

他全身戰抖，慢慢走下樓梯，他想走過去抱住奶娘，可是爸爸不讓他走過去。腥紅的一灘血漸漸滲透，擴散，最後是黑紅色的槳，停止流動，在地板上凝結。奶娘抬起眼，望向他，她的本少爺。不，奶娘並沒有抬起眼，而是一直睜眼望着他。那雙不肯妥協的眼在提醒他——埋葬，幸福。他走過去，拉一拉爸爸的衣袖。

「爸爸，爸爸。」

「嗯？」

「埋葬，幸福。」

爸爸瞪大眼，驚訝。兒子從來沒有完整地表達過訴求。

「埋葬奶娘？好的，你放心。」

一雙眼睛。孩子的眼睛，從工人房門縫透出來。傷心的眼睛，絕望的眼睛，奶娘的兒子。奶娘向他介紹，本少爺，這是我的兒子，比你大五歲，有時候，我不得不把他帶在身邊，我只告訴你，不要讓人知道。他點頭，重複，不要讓人知道。爸爸將奶娘葬在一塊福地。

「這個山頭，我都買下了。你可以葬在此，因為你幸運，你照顧我的兒子。你要好好守護本少爺。」爸爸讓工人澆酒，然後跟睡在墳墓的奶娘説。他抬頭，墳墓後方有一棵大葉桉，他又遇見同一雙眼睛。

因為油畫，因為油畫中的鬼火，二十多年後，Saturday 竟然清醒過來了，人很清明。過程是緩慢的，第一天，第二天……不像腦發燒，一下子，人便模糊，不清不楚。《放下你的鞭子》讓他看見自己的倒影。是倒影，沒錯。或者有鬼火，或者沒有，誰知道呢，但肯定有某一種特質的存在。可以怎樣描述這種特質呢？靈魂？很好，就叫靈魂吧，瓦頂的靈魂，樹的靈魂，顏色的靈魂，畫家的靈魂，明星的靈魂，還有沒有出現而存在的鞭子的靈魂，今天，我的靈魂也給攝進去，由模糊變為清醒……Saturday 注意到那隻黑犬。犬，有沒有靈魂？他忖度——

嗖——

靜寂的空間，突然一個響聲，他轉身——

「咦——」

像扔飛鏢，一塊東西，紅色的，在空中掠過，拍的一聲黏貼在黑犬身上。Saturday 走過去察看，似紅色樽蓋大小的豆豆矽膠——打從哪兒來？矽膠慢慢向下移動，奮力抵抗着地心吸力，黏膜比一般的矽膠薄，裏頭有血色的液漿，液漿不安地竄動，尋找出路，快要突破黏膜噴射而出——

Saturday 快速思考，一個念頭閃過。不是黑犬，是爸爸。計算不準確，落下的位置有偏差！如何是好？千鈞一髮——不可思議，Saturday 看見自己伸出手，把黏膠從黑犬身上掰開，迅速黐到爸爸身上，就是那個手抱的娃娃身上。

第一次參與罪案，Saturday 全身發抖，無比興奮。他飛奔去升降機，飛奔逃離現場。

同日下午，Sue 神色凝重，在 Saturday 面前出現。「馬先生，油畫，油畫——」

「油畫怎麼啦？」Saturday 強自鎮靜。

登——

Saturday 打開手機，Sue 將遭破壞的油畫傳給他。Saturday 盯住畫面，全神貫注自己的傑作。爸爸整塊臉浸在紅彤彤的液體當中，連轉頭微微向上的小邊塊也沒有放過。

「厲害！」

「什麼？」Sue對老闆的反應完全不理解，腦袋有問題的人果真活在另一個世界。

「在五樓升降機上方發現一個搖控電子計時器，計時器盒子打開，估計是這個盒子彈出血液囊，破壞油畫。」

原來如此！

Saturday顧不及找出飛彈如何發射就逃跑。「謝謝你！」

「謝謝我？呃，馬先生——算了。」Sue歎一口氣，「總之，請你不要跟任何人提起這件事，我已向馬老先生報告，等候他的指示。」

「我明白。」

Sue離開，一面喃喃地說：「你真明白就萬幸了。」

第十章　解咒

清晨第一線曙光。

老人家走出大宅，從屋宇後方通往沙灘的石階走下，沿左方的海灣踱步。一羣比他早起的海鷗在近處徘徊。老人家凝視了好一回……嘗試辨識牠們，有一隻，精準地俯衝，直撲向沙灘，向浪尖猛啄；另一隻顯得謹慎，往往錯失良機。

唔——

老人家離開鷗羣，繼續每個晨曦的散步。遠處，一個人影走入視線，老人家停止腳步，微微吃驚。從來沒有人能進入老人家散步的範圍。那個人，開始走過來，面帶微笑，一步一步走近。老人家身軀強壯，雖然有點佝僂。他等候，像獵人靜候獵物。

「老人家，早。」那個人，在老人家足夠聽見他的距離停下腳步。

「哦！」

老人家清楚看見那個人的臉。下一分鐘，他開始往回走。有點可惜了，每天的散步就此打消。那個人加緊腳步，走到老人家身旁，像兩個相識已久的朋友一起漫步。

「你知道我是誰了。」那個人説，老人家卻不答理。

「你放心吧！我是你的人，你僱用的人。」

老人家一笑：「我僱用的人，不敢不被召喚前來。」

「你應該慶幸，找到一個敢於僭越的人，而這個人又做到了。」

「有什麼事，讓你遠道而來？」這個沙灘位處蘇格蘭。

「老人家委託的調查，我已完成任務，要向你作詳細的報告。」

「你喜歡直接——」

「我是一個盡責的人，又喜歡多走一步。老人家，你花的錢，絕對物有所值。」

二人已走回大宅範圍。大宅後方，用岩石築成矮牆，圍出一個有假山小溪流的後花園。老人家在涼棚坐下，那個人站在涼棚邊。老人家示意他也坐下，那個人順從的坐下。兩個人，凝視着遠方……老人家歎一口氣，移動一下。

「避世多年了，已不習慣見外人。」

「我知道。」那個人說，一頓，「可是，老人家的日子開始不安靜了。沒有辦法的，時日無多了。」

老人家大吃一驚。他患了癌症，這個偵探竟然都知道！老人家喘氣，想着他唯一的孫兒。

那個人卻顯得淡定，「你想起孫兒，是嗎？我和你同樣想起他，你的孫兒本。」

老人家的眼神更驚惶了。

「我是善意的，聽好了，我是善意的。」高皆將手放在老人家佈滿青筋的手，過一會，感覺他回復鎮靜，縮回手。

「我給你帶來一個關於本的好消息。」

「?」

「他變聰明了。你可以放心。當然，所謂聰明是相對的。」

「變聰明了?這是沒可能的，我們花了很多錢——」

「天意，天意不能用錢買。老人家，你一直相信天意。其實我不大信，可你孫兒——總之，我們都應該信，也唯有相信!」

老人家咀嚼高皆的話。高皆從衣袋掏出數張照片，遞給老人家。老人家逐張看。

「他們是誰?」

「他們就是來尋仇的人。不，應該說，這一個，」高皆指一指Miles的單人照，「是這一個人來尋仇。」

老人家的眼光閃過殺機，很快又平和了，即使這樣微細的動作，高皆都看在眼裏。

「這個人，是你認識的。」

「是誰？」

「湊大你孫兒本的奶娘的兒子，原素理，在香港，只自稱叫 Miles。媽媽滾下樓梯死了，原素理成了孤兒。當天他也在場，他信誓旦旦，說你兒子是兇手。」

老人家回想，良久，冷硬的說：「我想不起這樁事。滾下樓梯是小事，誰要傷害本，那就是大事。高皆，你叫高皆？你是偵探，分得出大事小事。」

「我分得出，不然就不會在你眼前出現。」

「哼！」老人家把照片扔回給高皆。「偵探也兼職做殺手？你請回吧，我很滿意你的調查，酬金今天之內會存入你的戶口，這單買賣結束了。」

「沒有，沒有結束，不是說，我喜歡多走一步？有興趣我多走哪一步、兩步？」

「我毫無興趣。」

「你一定要有興趣。我的第一步，是阻止你殺人。」

老人家愕然。「我從來不殺人。」

「是的，你從來不殺人。可是，時日無多又當別論。為了本的安全，恐怕你不只殺一個人，而是大開殺戒。」

老人家默言不語。

「老人家一生做deal，計算無數，很精打細算吧，是不是？什麼才是對本最好？也想一想，照片裏的人，都是年輕人，和本年紀相若。」

「我有興趣的年輕人只得一個。」老人家說。不過，你真的不能漠視這個遠道而來的偵探，因此老人家問：「你會阻止我，抑或保護我的孫兒本？」

「你想我怎樣做呢？」高皆一笑，「有一樣你不清楚的，我是說到就做到的人。請你小心選擇，直到現在，我還是你僱用的人。你的抉擇，絕對左右我站在後面支持你，還是站在你的對立面。」

老人家望着高皆。他儘可能想像孫兒在他離世之後的命運。可是，他的確老了，已經缺乏了想像力。

「呃——」

日頭出來了，老人家滿頭是汗。

要陪你出庭嗎？不用。你肯定？我肯定。見希說她已經做好功課了。做好功課有何難，上網一查，有關小額錢債案的資料都一清二楚，問題是臨場的表現！

小額錢債法庭其中一個規矩，是不得聘用律師，訴訟雙方都要親身出庭。當我試圖說服見希時，見希搶先說，我知道，我知道你的想法；因為我認識你，但你認識那個賤男嗎？我想一想，語塞了。我的確見過 BMW 男，但一面之緣何其膚淺！

她又讓我知道她有多了解她的對手。見希說：以他的個性，我認為他的索償額會是小額錢債法庭的申索上限，到我接到申索書一看，嘿！果然不出所料！

那麼，你決定賠償？賠，我會讓法官知道，我做過的事我會負責，我做錯的事，我肯改正。

真的不能小覷時下的年輕人，要不要成長，由自己決定，快慢也由自己掌握，可以冬眠，也可以一日千里。

見希又補充：不過，我不會照申索賠償，那輛 BMW 我熟悉不過了，我拿了三家車行修理的報價單，其中一家還是原廠車行。見希揚一揚手中的報價單，向我眨眼，我也要讓法官知道，這個原訟人有多賤。

我向見希表示衷心的佩服，彷彿一夜之間長大，我非常放心她獨個兒出庭。醒！不是醒目的醒，而是清醒的醒！

教人無奈的是，清醒和挫折，彷如錢幣的兩面，緊挨在一起！沒有經歷挫折而能清醒的人何其萬幸！

清醒了的人，應該不用我進一步的幫忙吧！不過，作為家長，我循例說，要幫忙，只管告訴我。不料，見希說要。

你幫我問 Chief 要錢，要的是小額錢債的上限，不用交代用途，只說是我要。

我還要擔心什麼！連多年來和爸爸的心結都衝破，見希的未來真是「無得輸」，我滿口答應。

馬上，我借機給見希一些責任：告訴她我要去一趟蘇格蘭，去一去就回，請她好好照料自己、阿姨和格格。她一口答應，放心，交畀我。

出發當日傍晚，天空火燒雲呢，斑斕的晚霞，在銀鱗狀的雲中盡情燃燒，絕色的美境，華麗的戲裝，瞬間的永恆，笑眼塵世。

只見格格伏在露台上，也怔怔地欣賞這黃昏。我少有地來撫摸牠的頭；你懂得欣賞嗎？你當然懂得欣賞了！只要找到合適的角度，只要你找到屬於自己的位置，你自然懂得上天一早為你設置好的，瞬間又千變萬化永恆的美麗。少有地，格格沒有避開，我想，我和格格終於取得某些默契，達致彼此尊重的和諧。

當晚，飛機上查看手機，拍攝這個晚霞的照片，在網上瘋狂洗版！

「我不肯定老人家會如何選擇，就是五十五十。」高皆在斯凱島機場預備回港，飛行時間十七小時，還未計算中轉站的等候時間。他在機場貴賓室和助手們開視像會議，貴賓室只有他一人使用。

「要知會警方？」

高皆的答覆是否定。「我當然希望老人家不會派出殺手，如果是的話，警方不必知道。」看來有點冒險，不過他認為值得冒險。

「小梓，你應付得來嗎？」高皆問。

「五個人要保護，確實有點勉強，所以預先要有周詳的計劃。」

「辛苦你了。阿慕和阿樸，你們要盡力協助小梓。」

「知道。」阿慕和阿樸齊聲回答。

「我去到土耳其中轉站時，要收到你們的周全計劃。」高皆說。

* * * * *

Jay、Steve、阿觀和阿基，同時收到比利時「逆走100」的官方電郵，邀請他們去香港島一個醫療中心進行體檢。

穿着制服的人員把他們帶到體檢室便離開，等候了足足三十分鐘，再無一人走進來，空調愈來愈冷，四人開始坐立不安。

「阿觀子，你點睇？」Jay問。

「我睇孫子兵法，」阿觀和Jay心意相通，「就是三十六着，走為上着。」

下一秒，四人同時彈起，推門出去——整個中心竟然空無一人，一片死寂。

「好唔妥！」

「唔好理啦，走！」

四人衝去玻璃大門。「哎呀，打不開！」剛才一推就開的玻璃門現在牢牢關上，怎麼弄也打不開。

嗚嗚嗚——嗚嗚嗚——

Steve 一「郁」動電子開門掣，警號聲立時響個不停，非常嘈吵。四人心急如焚。警號令他們的驚慌度不斷上升。

「有沒有其他出口？」阿基注意到一道寫有「緊急出口」的木門。

「看！那兒，那兒有緊急出口。」阿觀率先跑去推門。

嚓咔——

門應聲打開，而警號也停止了。可是——

「噼啪」聲此起彼落——所有燈光都熄滅，室內一片漆黑。

「啊——」四人墮入一大片黑暗的恐懼中。

牌。

＊　＊　＊　＊　＊

大圍，Miles所住村屋路口的一家地產公司，地產公司門外掛了今日休息的告示牌。

「你帶了多少焦耳的氣槍？」小梓的免提通話器傳出高皆的聲音。

「報告，是6焦耳。」

「唔──」高皆沉吟。6焦耳是高皆和警務處簽訂使用槍械守則的上限，超過6焦耳便要知會警方；當然，如果會發射，任何焦耳都得知會警方。小梓明白高皆的憂慮，真殺手用的當然是真槍了。

「老細，我帶了不只一把6焦耳的氣槍。嘻！」

「你還會笑，證明你非常輕鬆。」

「那四個傻瓜已給阿樸他們重點保護，我沒有後顧之憂。老細放心，天羅地網已經撒開，只要殺手露面，無論如何，都逃不過我的法眼。」

「我倒希望，不要真的開火，我不想把涉案的任何一個人交給警方。」

「明白。老細，那個馬老先生不會真的大開殺戒吧？」

「的確，我們的佈局已大大減低了他的勝算，他必須慎重考慮。可是，垂死的老人，計算方法會自是不同，來個同歸於盡也有可能！他已經派出殺手了！」

「等我守候他，好好招呼。」

＊　＊　＊　＊　＊

黑暗，除了黑暗，依然是黑暗，伸手不見五指，死寂，聽到彼此的呼吸聲。剛才冷得發抖，現在卻熱得冒汗，體臭上升。

「發生什麼事？」他們伸出雙手盲摸，有時摸到熟悉的一個人，卻沒有碰到任何物件，也沒有摸到任何門栓，而剛才的入口，似乎也「lock」死了。

「不是緊急出口，我們又受騙了。」

「是一個密封的空間。」

「似囚室。」

「怎麼辦？」

「開手機，開，快開，先開燈。」當四人手腳忙亂之際，空氣中突然響起一把男聲：

「請勿使用任何通訊儀器，殺手會跟蹤而至。不過，想用也用不到，你們的手機已成了廢物，嘻嘻。」

「吓！」果然，沒有訊號，連小燈也開不動。

「你是誰？」

「為什麼有殺手，誰要殺我們？」

「誰要殺你們？不知道嗎，你們做過什麼事，招惹了誰，說出來吧，說出來有獎。」

「噓，玩什麼！這個時候！」另一把男聲又在空中響起。

「不是玩，是教導，教導就要賞罰分明。」另一個人反駁。

「喂——！」阿觀心中有氣。Steve 卻阻止他，暗忖這些人，好像並非惡意，便問：「賞什麼，放我們出去？」

「放你們出去！找死嗎？還不明白？圈你們到一處好好保護。」

眾人沉默之際，聽到阿基輕聲說：「我們破壞了一幅價值七千萬的油畫。」招供了。

*　*　*　*　*

殺手在村口出現，進入了監視範圍。

小梓兩眼盯着屏幕，監察殺手的一舉一動……把三枝槍分放左右衣袋和褲腳。她並未離開地產公司，打算等到最後一刻。

殺手打扮成網購派遞員。早前，他從網購收集站偷了一個包裹。他拿着包裹，向心目中的地方走去。

小梓離開地產公司，從另一條路繞去與 Miles 毗連的村屋，爬上天台，從一個天台跳去另一個天台，輕易走入 Miles 所在的那棟村屋。

殺手按了 Miles 同一棟三樓的對講機，「網購送貨，請開閘門。」

「嘟。」大閘開啟，殺手步入。

＊　＊　＊　＊　＊

空調開啟，室內頓覺涼快——這就是獎賞。呼吸暢順之後，恢復了理智。阿觀補充：「其實沒有真破壞，假血相信已全部褪去。」

「我們為了幫一個朋友，他中風了，說來話長。」基補充。

「放我們出去，我可以給你們證明。」Steve 又說。

「無論如何，都不是大丈夫磊落光明的行為，認錯嗎？」那是阿樸。

「認。」

「如果要你們合力糾正，願意不願意？」是阿慕。

「……犯法嗎？」

「當然不犯法，你們才犯法。」

「願意。」

噼啪——

室內一片光明，四人不禁歡呼，「耶——」互相擊掌。

「還可以招認什麼換取獎賞？」

嘎！

木門上原來有一個小洞，現在打開了，一隻機械臂把一個大紙袋伸入來，「飯盒，接住！」派完飯，機械臂縮回，小洞重新關上。

＊　＊　＊　＊　＊

殺手沒有步向三樓網購的單位，而是拾級上去五樓 Miles 單位……在門前停下。

小梓早已在暗角，雙手放入口袋……

＊　＊　＊　＊　＊

老人家如常地在晨曦中漫步，他特別在大宅對開的海灣停步，想好好看一下海鷗——遍尋不獲那隻喜歡在浪尖上冒險的海鷗。

「那麼，那隻膽小謹慎的海鷗呢？恐怕，更無法在競爭中生存下來吧！」老人家自言自語。正要移開腳步，忽然，遠處，一個小灰點，從一塊岩石後面拍翅，騰向海灣，老人家瞇眼，「呀，是牠！」認出是膽小海鷗，老人家視線隨小灰點移動。

「嚶！」飛翔，俯衝，追擊目標，鳥喙插進水裏，然後上騰，在近處作勝利的盤旋，之後在岩石後面不見了。「呀，到底是牠留到最後。」老人家從口袋掏出一部單向電話，說了兩句，把電話放回口袋，背住手，繼續每天的散步。

* * * * *

殺手放下包裹，從斜揹袋拿出手槍，加上滅聲器，對準門鎖。此時，口袋內的電話震動，殺手用另一隻手拎起電話……隔一回，收線，把槍放回背袋，然後再次拿起地上的包裹，拾級而下，走到真正網購了的單位，按鈴，把包裹扔下，施施然離開。

小梓、阿樸、阿慕同時收到高皆下達命令：收隊。

山毛櫸在此茁壯，櫸樹樹幹在清澈的光線下呈現亮綠色，在陰影中則是墨綠。樹身後邊、紅棕色的土地上方，可以看見天空柔和的藍色及暖灰色——那幾乎不能說是藍——而在前方的，則是模糊、幾近透明的霧綠，以及有着片片金色葉子的樹林迷陣。我為你描述的大自然就是這樣。我不知道我在畫作中達成多少效果，只能說我對綠、紅、黑、黃、藍、灰各色之間的和諧度大為驚訝。

——梵谷

Saturday 拿着厚厚的色板，專注地挑選。

咯咯——

Saturday 認出是溫璣限量版高跟鞋敲出來的聲音。他從色板中抬頭，精神煥發：

「太好玩了，溫璣，你給我這個色系辨識練習很神奇，梵谷是我的新偶像。」Saturday 作個手勢，對溫璣送給他的那本《The Selected Letters of Vincent Van Gogh》表示嘉許。

「是嗎？多謝你稱讚。」溫璣笑得勉強。

「我少年時的夢想就是成為畫家。」Saturday 想起他在書本裏繪畫的一個個顏色圓圈。溫璣卻顯得心不在焉。

「馬先生，恐怕你暫時要放下色板，暫時忘記夢想，給我三十分鐘。有人插隊了。」

「哦?」

「有人要見你,馬上,是單獨接見。」

「單獨接見——」Saturday 精神立時繃緊。

「是馬老先生的吩咐。」不待 Saturday 說下去,溫璣便道。這也是溫璣疑慮的原因;緊閉的門若允許打開,有了第一次,不難有第二次,直到門根本不用上鎖……那時候,還要她這個守門人何用?

「可以不見嗎?」非常不安。

「我也不想你見,而且——我什麼都不知道。我可以做的,就是只給對方三十分鐘。」溫璣放下高皆的卡片,說:「我現在就請他進來。」

咯咯的聲音消失,Saturday 的惶恐隨着鞋聲消失而增加。一片死寂,Saturday 耳膜卻轟轟地響,然後,有人推開辦公室的門——一個中年男子,推門的動作緩慢,是無意而更似刻意。

「馬先生，多謝你接見我。」男人微笑，右手依然握住門把。男人身材瘦小，眼窩卻出奇的深，有神的雙眼彷彿洞察一切，門把上的手一點也不柔弱，不，更似掌握一切，是高皆。Saturday 覺得自己快要昏厥。

高皆關上門，向他走近。Saturday 有如置身異域，辦公室，再不是他熟悉的地方。

* * * * *

Jay 遞給 Miles 一張請柬。

Miles 疑惑：「這是什麼？」

「你打開來看自然曉得。」阿基說。

香雪莊的請柬，一幅油畫，意外給弄污，奇蹟地得以修復，香雪莊邀情一眾好友共同見證油畫再生。

「噢，《放下你的鞭子》……這是怎麼一回事？」

「不知道啊，我都很好奇，所以，一定要去看個究竟。」阿觀聳肩。

「這張請柬……如何得來？。」

Steve 笑得神秘，道：「這個你不用知道，總之是堂堂正正得來。」

阿觀說：「Steve，你不用故弄玄虛，直說是你阿爸有會籍不就成了嗎？教練，你好像從未曾親眼目睹過這幅油畫呢！一起去。」

「嗯，我這個殘軀……」

「我們都去，齊上齊落，你沒有推辭的藉口。」Jay 說。

* * * * *

北座五樓的 top level lounge。

像某些人的際遇一樣，繞了一個大圈，回到原點。《放下你的鞭子》又掛回到原來的位置，現時用一塊銀灰色的厚綢緞覆蓋着。揭幕儀式定於今天黃昏日落時間舉行，即五時五十二分八秒正。藝術總監溫璣充當司儀，她清楚說明：

「各位嘉賓請隨便享用大會為閣下預備的酒會，到處參觀，日落前不要忘記回到這幅畫前面，找個有利位置。」

經溫璣介紹之後，賓客散開，一隊樂隊隨即奏起音樂，一位作三十年代打扮的歌手隨音樂開始演唱。據場刊介紹，這首曲是一齣左翼電影《此恨綿綿無絕期》的主題曲，由張瑛、梅綺主演。張瑛、梅綺與阿寶同屬一家電影公司，《此恨綿綿無絕期》在香港拍攝，主題曲當年由陸素作曲，張式敏主唱，還找來了香島中學的學生伴唱。

Miles 沒有心情聽歌，頻頻看錶。他舉目四看，皺眉道：「想不到場面如此冷清。」四個人，單單不見 Steve 呢。他想問推輪椅的阿觀，後者卻好像專注聽歌，

Miles只好打消念頭。

場面當然冷清了，因為根本不是什麼展覽會，而是高皆經Saturday同意佈的局，專為Miles而設。現場的賓客，全是馬氏集團的高級職員，如果夠眼尖，還會看見打扮性感的小梓，易容大師阿樸則戴了一頂草帽，驟眼看去以為是梵谷再世，既然小梓和阿樸都在，不難想像，高皆和阿慕也在現場某處吧！唯一獲邀的真正嘉賓是Sue．Saturday堅持要請她。

五時四十九分。黃昏音樂會結束，溫璣簡單介紹《放下你的鞭子》的前世今生。

五時五十二分。「有請馬氏集團總裁Mr. Saturday Ma揭幕。」Saturday走到幕前，拉動繩子，一秒，二秒……八秒，窗外，金紅落日徐徐下降；幕盡，徐悲鴻的名畫完好無缺重現人間，準確一點是無名加入阿寶骨灰的畫作。

Saturday依然站在原有的位置，溫璣問在場賓客：「這樣一幅完好無缺的名畫，一個月之前曾經意外地被污染了。大家能否看出，畫中哪處曾受污染？給大家一個提示，污染物是紅色的液體。」經溫璣這麼一說，現場氣氛開始熾熱，假賓客賣力演出，交頭接耳。Miles在最前排，仰頭，盯着畫中的娃娃。突然間——

嗖！

一個飛彈穿過人羣上空，飛向油畫。

啪！

黏住抱着娃娃的女人的頭髮。

噗！

飛彈爆破，彈出紅色黏液，黏液向下流，流滿畫中女人的一面一身。

Mile緊握拳頭，憤怒！他走進了畫軸，時光倒流，認定抱住娃娃的女人是一名奶娘，產生幻覺；奶娘給馬家害死，奶娘就是我媽媽。Miles面容扭曲，思絮混亂。現場騷動，四方八面跑出保安員。

Miles雙手按住輪椅，不知不覺站起身。他怒視Saturday，指住他，大叫：

「殺人兇手的兒子，捉住他！」

「素理哥，我不是殺人兇手的兒子，我爸爸不是兇手，他沒有殺人。」Saturday說。

「啊，原來你一早就知道我是誰！」Miles 咆哮：「既然知道我是誰，就知道當天我媽媽給你爸爸推下樓梯！你在耍什麼把戲？」

「不是這樣的，奶娘失足滾下樓梯，再撞向牆角，沒有人推她。」

Miles 的確沒有看見人推撞媽媽。「是你，都是因為你，我媽媽經常被你爸爸責罵，心神恍惚。」Miles 轉而指向 Saturday。

「剛好相反，爸爸經常說，幸好有奶娘，她比我親媽媽更愛護阿本。」

「那麼，你爸爸為什麼阻止人叫救護車？」Miles 問。

「因為，奶娘捉住爸爸的手，說，我是救不了的。我不要去醫院，我不要離開阿本，不要離開阿理。」

「你騙人。」Miles 大叫。

「我沒有騙你，你一直都在工人房，不是嗎？」

「那麼，為什麼你爸爸只准叫他的老朋友總警司來？他要隱瞞什麼？」

「送去殮房，解剖，好嗎？素理哥，之後，爸爸安排的安葬是最好的，你知道。」

Miles 思前想後，心情慢慢平復下來。

「素理哥，你不能面對媽媽滾下樓梯的事，喪母之痛一直在蠶食你，是時候放開懷抱。」

Miles 低頭不語，又突然抬頭，望向油畫。然後環視會場，憤怒地說：「是誰？是誰向奶娘投彈，因為她出身低微，就要受人侮辱？」

沒有人吭聲。Miles 再問：「到底是誰？」

「素理哥，素理哥，」Saturday 走到 Miles 面前，搖動他肩膀。「被弄污的人不是奶娘，是我阿姨，我爸爸的大姊，你在我家中見過她的相片。」

「我不相信。」

「你不信我，可相信自己的眼睛。你上前看清楚。」

Miles 半信半疑，拖着腳，一步一步朝油畫走去。最初，阿觀扶住他，後來慢慢放手了。Miles 走到油畫面前，看到滿面紅漆，其實什麼都看不見。可是那髮型，那一身的裝扮，分明是有錢人家的小姐。多年的怨恨，一半慚愧，一半釋懷，像打翻了的五味架。Miles 站在油畫面前，不知所以。

「教練！教練！」身後有人叫他，是一直沒有現身的 Steve，他負責掟飛彈。

「？」

「看看你雙腳。」Steve 笑逐顏開。

Miles 低頭一看，「噢！」他不但站起身，還能行走。Miles 驚喜交集，現場響起一片掌聲。

事情得到解決，一切回復正常，最高興當然是我太太。她請我去城中最頂尖的酒店 high tea。我躍升到愛的最頂層！

天使，見希一路上都有天使的保護，媛，我的太太說，說得非常誠懇。天使這個話題是家中的禁忌，已經不碰多年。我放下本來要放進口的馬卡龍——哦，天主一直堅守愛的最頂層，沒有半點移動的影兒。是我自作多情。

大概是七、八年前，教區舉辦宣教研討會，主講的大主教剛從塞爾維亞回來，分享了他在當地的經歷：一次一次遇險，一次一次化險為夷，我親眼看見天使。大主教非常肯定。大主教還引用宗徒大事錄伯多祿的經歷以茲說明：十二章！我想直到我上天國，也不會忘記！

天主我全然信賴，不過，僅此而已，真的僅此而已。十二章記載，伯多祿被兩道鎖鏈縛着，睡在兩個士兵，門前還有衛兵把守監獄。忽然，天使出現——天使拍醒伯多祿，叫他快快起來；天使叫他束上腰穿上鞋；天使吩咐他披上外氅；天使帶伯多祿經過第一道崗、第二道崗，通到城的鐵門自動打開；天使和伯多祿出去，走了一條街，天使離開他，就不見了。

當時，媛坐在身旁，她用右手按着她丈夫即是我的左手，直覺告訴她，她的丈夫快要闖禍！不錯，她的焦慮非常準確，她的丈夫慢慢站起來，打斷大主教的分享，他問大主教，看過《沉默》這本書沒有。大主教說他看了葡萄牙文的版本。她的丈夫真心佩服神父們精通各國語文，他更佩服大主教閱讀《沉默》的勇氣……

我記得，當時我用溫柔又堅定的語調說下去，作為一位經驗豐富的偵探，連我也無法卒讀全書。那穌會神父在日本受到的迫害太觸目驚心了！主教，我想問，為什麼說好了的天使一次也沒有出現？後果如何，那就不用再表述了。

很明顯，媛要藉此機會想突破禁區。

你記得我外婆？媛問。一百零三歲去世的外婆？媛點頭。依稀有印象，一百歲大壽我陪你回鄉賀壽，過了三年，又回去送葬。對。太太稱讚我的記憶力。然後娓娓道出一個她故鄉的真人真事。那是媛初中回鄉探親，外婆跟她說的。媛已經忘記了，這一輪，無端經常夢到婆婆，故事又重新鮮活起來。

媛的故鄉非常貧瘠，她們的村落建在山區，直到今天才略有改善。她記得，大部分兒童都要靠外頭的團體供書教學，外婆告訴媛，最偏遠最窮的一個主戶，女兒十二歲，叫順風，很喜歡讀書，有一個慈善團體補助她學費，但順風的生活沒有改善，一天，連經濟支柱的阿爸也病倒了，醫院不收。看快要捱不住，順風輟學，流着淚出城打工，然後音訊全無。外婆說，人人都管我們的村叫絕望村。外婆的描述，跟媛的印象有點出入，鄉下是窮，但人人有書讀。山背不是有一所學校？媛提醒外婆。然後，故事就出來了。

事情發生在外婆剛結婚的一年，多年不見的一個同鄉回來了，是個年輕人，皮膚黑黑的結實，眼睛明亮。我叫阿圖，記得我嗎？阿圖逐家拜訪，逐個長輩握手。阿圖一說，外婆便記起他，當年在家門前，阿圖用炭頭在地下畫畫，日日畫，天天畫，畫什麼似什麼，是天分。外婆說，大白天，她給曬得頭暈腦脹，可是還是頂着惡毒的太陽看阿圖畫畫，移不開腳步。忽然，阿圖抬頭，向外婆一笑，然後繼續畫畫。不久，外婆的樣貌在地上出現。啊！原來我長成這個模樣！後來，阿圖給鎮長保薦去藝術學院。

外公問阿圖，回來幹什麼？從來只有年輕人走出去，沒有年輕人走回來。阿圖說，他回來建學校，教村童寫字畫畫。我連圖則也畫好了，希望大家幫忙。阿圖的宏願令人不可置信，不過他也真的說到做到。絕望村開始變成希望村，最初大家都採取觀望態度，但見阿圖一木一瓦起學校，慢慢有村民加入，那真是不容易，年輕力壯的都跑了，外婆外公因為守着一塊羗田才勉強算是富戶。外公農閒時便去學校幫忙。學校有了外形便立刻開學。當時連書枱木凳都沒有，外婆說，但所有留守兒童都湧往唯一一間空蕩蕩的班房。第一天上課，外婆說，校長兼校役阿圖激動得流眼淚。

然後，媽媽出世，舅父阿姨逐個排隊來到人間。阿圖多年來守住學校，他始終一個人，沒有人肯來和他一起教書，他教的兒童給他逐個逐個送出去……從夏到秋，又由秋到夏，阿圖頭頂花白，身體佝僂。學校殘舊不堪，一場風雨，連最後一幅牆也給推倒了。全村收到阿圖的停學禮邀請。席間，阿圖說，大家都好奇，當年我為什麼選擇回來辦學吧，一直不說，那是因為連繫到我不光采的一段往事，時候到了，應該說出來給大家聽聽。

為了生活，阿圖做了黑學生，憑藉他畫畫的技巧，他受聘仿製名畫。他拚命仿製，拚命賺錢，直到仿製一幅當代大畫家的真跡，令他良心發現。

接下來，他把摹仿真跡的來龍去脈詳細交代。那是我仿製名畫最不可思議的一宗，名畫的持有人要我用他死去太太的骨灰做顏料……阿圖喝一口山茶，繼續說下去，當我用這種特別的顏料畫畫時，奇蹟發生了，我看見了天使！第一天，天使站在我面前，當時我正把骨灰混進白色的油彩裏；第二天，天使坐在畫布上方；第三天，我畫了一道屋子的牆壁，天使坐在瓦頂上；到完成的最後一天，天使從窗口走出去，然後消失，再沒有出現。

大家聽得入神，有人問，天使是怎樣的？真有翅膀嗎？阿圖卻沒有回答，繼續他的故事，到他完成仿製品，連同真跡，送回給事主。那個人，審視仿製品良久，說，太太已經在畫裏頭，他非常肯定說：我看見她的靈魂。然後，那個人做了一件令阿圖非常震驚的事——他一把火燒了真跡。阿圖目定口呆。那個人一笑，說，我的愛人，她遺愛人間，守護人間，那才是買不到的真寶，真跡再沒有存在價值。

再愚拙的村民，都明白阿圖回來的原因了，一切盡在不言中。由於牽涉到不少人，阿圖囑咐村民守秘密。

你們卻廣傳開去了。我說。媛但笑不語。阿圖也是假名吧？媛顧左右而言他。

一直以來，我和太太對天使的理解不同，原來有這樣一個底蘊！村教師的故事能不能動搖我？說真的，如果不是剛剛偵查一起有關油畫的案件，無論如何都不能改變我對天使的想法。現在呢，我模稜兩可。

我把馬卡龍一口吃盡，問太太，你呢，你有沒有遇過天使？她答非所問說，你有認真看《沉默》？真的看不見天使，還是假裝看不見？

我也來個問非所答：看不見又相信的人有福了。

後記

兩年後。

老人家去世了。老人家囑咐在地安葬，葬在大宅後花園。此後，天長地久，海濤拍岸，且讓浪潮天天為他鳴奏安魂曲。

Sue 和溫璣開視像會議。Sue 問溫璣關於喪禮的細節，距離喪禮舉行，只餘六個工作天。

「邀請卡已弄得差不多了，後天可以給你速遞派到各親友手上。」溫璣已離開馬氏集團，正在愛丁堡進修，得知老人家去世，溫璣説她一定要幫忙，邀請卡上印有馬家的徽章，溫璣幾乎是不眠不休的趕製。

「好的，你也要放輕鬆，受邀的親友已電郵回覆，我也幫他們訂了機票。」

「明白。現在最頭痛的是花店。我要的鈴蘭和天堂鳥，送來的 sample 和網上看的又不同，我正在和他們交涉。」

Sue 一笑。「你太執著吧，鋪滿沙灘，誰留意差別。」

「剛剛相反，一片花海時一眼便看出分別。」說得非常堅決。

「什麼時候過來？我訂了五十張白色摺椅，你要不要來驗收？」Sue 取笑溫璣。

「不用，最重要是排列整齊和劃一距離，我已出了圖樣，你督導臨時工就可以。恐怕我要到最後一分鐘才出現。」溫璣來認真。

掛線後，Sue 跟自己搖頭。Sue 離開自己的辦公室，穿過玻璃長廊，去到大宅盡頭的一個房間。牆壁上，有一個長方型橡木牌子寫着「本工作室」，此外，門把上吊了一個「謝絕參觀」的牌子。Sue 毫不理會，推門進去。一邊推門，一邊叫：「Mr. Saturday——」

房間大得誇張，天花板高無可高，一眼望去便知是畫室，Saturday 穿上白袍，戴了一頂杜松綠的 beret，在房間正中央，對着一塊畫布專注地畫。Saturday 視線沒有離開畫布，卻不忙糾正 Sue：「士本，叫我士本。提你多少次啦！」

「唉，士本先生，我簡直忙昏了頭腦。你幫我數一數日子，距離爺爺的喪禮還賸多少天。」

「還賸多少天？」終於停筆。

「一個星期。」

「一個星期？吓，怎麼辦，怎麼辦！」Saturday 丟下畫筆，捧着頭，在室內團團轉，幾乎碰跌顏料架和畫架。「為什麼你不早説！」

Sue 好沒氣：「謝絕參觀呀，留言又不回覆。」

「我的畫，我的畫才畫了十來幅。」

「你要畫多少幅？」

Saturday 一呆，「哦，要畫多少幅才夠？」

Sue 忍笑，「有沒有看過托爾斯泰的《多少地才夠》？」

Saturday 搖頭。

「好啦！晚飯後我給你送過去《多少地才夠》的繪本，你才決定畫幾多幅畫。」

「看了書就能做出決定，真是太好了。」Saturday 一下子變得輕鬆，給 Sue 一個甜笑。「Sue，多謝你，你永遠在我最需要幫忙時給我幫忙。」

翌日早餐桌上，Saturday 說：「Sue，托爺的《多少地才夠》很精彩，不過看完書，我還是不知道要畫多少幅才夠。」

「什麼？托爺是誰？」

弄懂了原來是托爾斯泰，Sue 才醒起昨天自己耍的伎倆。——只不過是要將沉迷畫作的 Saturday 喚醒吧。

「哦，那你繼續想，總會想通的。還有，今日一定要試喪禮服，要改只這一兩天可以改。」Sue 對一點不在乎爺爺去世的 Saturday 感到不耐煩。

果然是少了一條筋，包括情感線！不過，Sue 發覺對比 Saturday，她更生自己的氣——無法再全心全意服務他，只不過因為他不再是自己的 boss！「我就是這樣現實的一個人。」Sue看看腕錶，扔下Saturday走了。

「你去哪兒？」

「去接boss。」Sue頭也不回，匆匆離去。

馬氏集團換馬，Miles成了新班子的領航人。Saturday得到老人家的同意，把悉數股份轉讓給Miles，條件是永遠不能改招牌，又要為Saturday成立基金。老人家在無何奈何之下作出這樣的決定。他盤算，過身之後，唯一的孫兒便無親無故了，獨立於天地之間。最親近的人竟然數到奶娘的兒子！

老人家找來Miles，二人剖開心底談話。他發覺Miles非常有頭腦呢！是可造之才。他向Miles開出條件，Miles想了一個晚上也答應了。仇怨化解，兩造都寬心。Miles還有一個重要考慮，自己的確是康復了，還和阿基他們一同去了比利時參加「逆走100」，繼續做教練卻非常勉強，何妨鬆開手一搏？有點自私，卻是雙贏方案！Miles也有條件：「會所不做任何黑色買賣，那些利用會所作犯法勾當的會員也要在名單中剔除。」

「那跟結業沒有多大分別。」老人家吃吃笑。「不過，要解咒，走正路倒是唯一的辦法。我背負太多，無法走正路——就照你說的做吧！」

「請你開解 Saturday，他最聽你話，我真是寫個『服』字。」Sue 一接到真正的 boss，不忘向對方投訴。

Miles 一如既往，背着背包，輕身抵達。Sue 說話的語氣跟剛才在早餐桌大大不同，刻意緩慢的腳步反而突出 Miles 行動不便。

Miles 一笑：「我豈不是來得正好，救你脱苦海？」

Sue 立刻知道自己失言了，手心冒汗，停住腳步。Miles 走完最後一級階梯，轉身對 Sue 說：「那我按你的吩咐直接去找——Mr. 士本啦。」

「呃，是的，謝謝你，Mr. 士本——不是，呃，總裁。」Sue 口齒不清。

Miles 在自己的專用套房換過衣服便去找 Saturday，在 Saturday 房間找到正在試禮服的他。Saturday 在鏡中看見 Miles。

「素理哥，白色手套是不是一定要戴？」

「你覺得爺爺喜歡不喜歡？」

Saturday 想一想，然後把白手套放入西裝口袋。又解決了一個難題。

「想不想看看我的畫作？」

「當然想。」

「來。」Saturady 率先邁開腳步。

Saturday 的畫作，其實看一幅就夠了；全部都是一個 pattern，有點像草間彌生的作品，其基本調子是圓點，由圓點組合成不同構圖，變化萬千，使草間彌生成為國際享負盛名的藝術家。草間彌生坦言，她的靈感來自小時候家中的桌布。Saturday 的靈感則來自 Sue 和溫璣給他的練習；但見每一幅畫作上都密密麻麻畫上中文部首，部首上面，用不同肌理的物質例如樹枝、布作媒介，印上可以在色版上找到的任何顏色。部首和顏料混合成看似相同又幅幅不同的作品，獨一無二。

「怎麼樣，我是否具備成為畫家的條件？」

「只能說，你愈來愈熟練，不斷進步。」

Miles 坦率又誠懇的分享，已經令 Saturday 大得鼓舞。「素理哥，給你一條 IQ 題，事先聲明，還未有標準答案。」Miles 忽然說。

Miles 顯得興趣盎然，聽罷，心想，Saturday 又給 Sue 耍了。

「農夫可以用一千元買他腳掌踏過的地，走多遠，地多大都是鐵價一千，條件是，農夫必須在日落前回到起步點，否則踏過多少土地都是歸零……」

「結果是他趕不及日落前回到原點，徒勞無功。」Saturday 搶着接下去。

「那是因為，他一邊走，一邊想着要多少地才夠；他怕不夠，於是愈走愈遠了。」

「其實，托爺想說什麼？」Saturday 急急問。

Miles 聳肩：「誰知道？他也不在乎別人的看法，托爾斯泰又不是教師，他是作家。」

Saturday似明非明。

「士本，我從前倒是教師呢！」Miles說：「讓我教你一個應對的方法。」

Saturday眼前一亮。

「但凡有人要你想你想不通的事，做你不懂得做的事，你就說，你煩我多少才夠？你估我好得閒咩！」

「哦——」

賓客分批抵達。喪禮前一天，高皆偵探社和毅行者隊伍同時間抵達，他們都選擇入住大宅而不是酒店。Miles由Sue陪同，出來接待。高皆他們見過現在要叫士本的Saturday之後，得出一個結論——Saturday確是變聰明了，卻不是突飛猛進。小梓覺得奇怪。

「老細，那天在會場，分明見Saturday字字珠璣，神勇得像個偵探，還迫得

Miles 衝破障礙，會行會走。怎麼兩年不見，又打回原形？」

高皆只管在沙灘上走，懷念和老人家的漫步，沉默不語，又不時望向海灣上的海鷗。

「小梓還不明白，有講稿的呀。」阿慕卻說。

「有講稿？啊——」小梓恍然大悟。

「是我辛苦度橋。」阿樸說。

「是我辛苦幫 Saturday 演練。」阿慕爭功。

「我辛苦啲。」

「我辛苦啲才對。」

Miles 多謝阿基他們在百忙中抽空前來，特別是 Steve 和阿觀，Steve 接管了家族業務，阿觀則轉戰單車賽。其餘二人繼續學業，他們二人都說，要多謝 Miles 才對，原來他們預備來英國進修，此行可親身了解一下心儀的學府。這個時候，Sue

走過來寒暄。

「多謝你們出席老人家的喪禮。」

「你就是 Sue？」阿觀定睛看着 Sue，忽然插嘴：「我遠道而來，也是要一睹你的廬山真面目。」

Sue 不明所以。

阿基解釋：「當年暗中通知我，油畫的行蹤的，不就是你？」

Sue 一窒，「我嗎？——哈哈——」笑得勉強。

Miles 拍拍她，「都過去了，不要介懷，有誰沒做過見不得光的事。我們做得比你多。」

四人隨即打哈哈，好掩飾尷尬。一時說漏嘴，連自己的瘀事也同時揭了出來。

喪禮正式舉行，風和日麗，白的浪，灰的岩，海沙細細，海鷗嚶嚶。會場上，紫色鈴蘭和橙色天堂鳥，在白色摺椅之間搖曳生姿，有如畫家筆下的一幅絕景寫真。賓客陸續就座，時間一分一秒接近。穿着黑色外套，灰色長裙的溫璣，急如熱窩上的螞蟻，她拿着講稿，四處張望——不見了 Saturday。

眾人正在狐疑之際，Saturday 出現了，只見他一面驚慌，失魂落魄走過來。

「發生什麼事？我們都在找你。」Sue 問。

「不好了，不好了。」Saturday 喘氣。

「到底發生什麼事？」溫璣追問。

「我的畫，我的畫，給人潑血了，你們快來看。」

「什麼？」

各人面面相覷。阿樸和阿慕即時站起，神情戒備，高皆卻顯得安然，示意他們留在原位。Miles 也心領神會，用手勢叫各人安靜。Saturday 想引人去看他的畫作。會場由 Saturday 引起的騷動很快退潮。

「我的畫給潑血了，你們不來看個究竟？」

依然沒有人理會。

「呃——」

Saturday 好生沒趣。

俄而，Saturday 從口袋掏出手套，戴上，走向唯一一個喪家座位。

「那麼，喪禮完畢後再看吧！」Saturday 自言自語。